U0062092

讀寓言・學古文 初階

田南君 著

序言

顧名思義,「讀寓言‧學古文」是一套三冊的文言寓言集。通過閱讀歷代寓言名篇,同學不但能學會各種文言知識,更能了解古人和今人價值觀的相似之處,從而做到知古鑒今。

筆者一向認為,學習古詩文,不只是為了應付讀書考試,更是為了了解古人的言行、思想、智慧和價值觀,與現今有哪些相似之處:孝順父母、兄弟同心、慎於交友、謹言慎行、臨危不亂、知恩圖報、虛心納諫、信守承諾、廉潔守法……只是因為這些作品年代久遠,用詞、句式和語法跟今天的不一樣,因而被奉為古董束之高閣,把我們和古人分隔開了。

因此,本書所收錄的文章以篇幅短小者為主,內容上不求艱澀,以免讓同學對文言學習敬而遠之。同時,配上適量的漫畫、筆者的深情隨筆,力求消除文言閱讀在同學心目中「事不關己」的印象。

「讀寓言‧學古文」系列共分為初階、中階、高階三冊,初階適合小六至中一的同學;中階適合中一至中二的同學;高階適合中二至中三的同學。

每冊收錄四十篇文言寓言故事,並按寓意分為八個章節,涵蓋生活上不同範疇,令所選篇章更「貼地」。每章先以漫畫作為切入點,讓同學易於掌握,以便更好理解往後的各篇課文。

每篇課文的體例均一,細述如下:

1. 前　　言:以生活、故事作切入,初步介紹課文內容。
2. 原　　文:展示文章內容(部分篇章會因應該課所學的文言知識略作改寫),並就篇中難字提供粵語讀音及注釋;同時以色底白字標示該課的文言知識。

3. 文言知識：涵蓋字詞、句式、體裁等不同範疇，配以不同例子和圖表，深入淺出講解各種文言知識。

4. 導　　讀：講解課文的背景資料及內容大要。

5. 談 美 德：是筆者的深情隨筆，就課文所延伸的價值觀或美德，或抒發筆者的感受，或道出更多值得大家警惕的故事，讓讀者知古鑒今。

6. 文章理解：考核同學對該課課文內容、文言知識和價值觀的理解程度，題量適中、題型多元。

7. 答 案 冊：展示每課課文的語譯、練習答案及解題。

8. 知識一覽：以表格形式分門別類地列出全書各冊所教授的文言知識，一目了然，易於翻查。

　　希望這套「讀寓言・學古文」系列能夠一改讀者對文言閱讀的看法，明白到這些篇章是前人留給我們的遺產，可以作為我們待人接物、行事處世的借鑒。

田南君

辛丑牛年開學前夕

目錄

第 1 章

愚人食鹽

主人與食,嫌淡無味。主人聞已,
更為益鹽。

「所以美者,緣有鹽故。少有尚爾,
況復多也?」

愚人無智,便空食鹽。

食已口爽,反為其患。

律己

孔子曰：「過猶不及。」

「不及」者，過少也；「過」者，過多也。

孔子追求中庸之道：

不太少，也不過多，分量剛剛好。

就好像往飯菜裏下鹽，

太少，固然吃不出味道；

太多，又會讓嘴巴和舌頭受罪。

要加以控制的，豈只是對鹽的慾望？

追求金錢、名譽、地位……全都要適可而止，

當中的關鍵，在於能否做到「律己」。

本章的五個故事：〈愚人食鹽〉、〈齊桓公好服紫〉

〈哀溺文序〉、〈漢世老人〉、〈周處除三害〉，

將會跟大家分享，古人是怎樣律己──

控制自己的慾望、改正自己的錯誤，

繼而成為別人的榜樣。

愚人食鹽

大概四五十年前吧，有個售賣調味醬油的電視廣告（可以掃描右邊的二維碼觀看）。廣告裏的兩婆孫，品嘗過那款醬油的美味後，就不斷往飯菜裏下這款醬油。筆者當時心裏想：這樣一邊吃一邊下，他們的舌頭難道不會失去味覺嗎？幸好那只是廣告，應該不會有人那麼愚蠢吧？

然而真有人那麼愚蠢：自從在主人家裏品嘗過鹽的美味後，那位蠢人就索性把鹽當飯吃，結果舌頭失去了味覺。

沒有節制地吃鹽，後果尚且不算嚴重；如果是沒有節制地沉迷其他不良嗜好，那麼後果就不堪設想了。

原文 南朝・齊・僧伽斯那《百喻經・卷上》

昔有愚人，至於他❶家。主人與食，嫌淡無味。主人聞已❷，更為益鹽。既❸得鹽美，便自念言：「所以美者，緣有鹽故。少有尚爾，況復多也？」愚人無智，便空食鹽。食已口爽❹，反為其患。

譬彼❺外道❻，聞節飲食，可以得道❼，即便斷食，或❽經七日，或十五日。徒❾自困餓，無益於道。如彼愚人，以鹽美故，而空食之，致令口爽，此亦復爾❿。

注釋

❶ 他：別人的。

❷ 已：完結、完成，這裏可以理解
為動態助詞「了」。

❸ 既：已經。

❹ 口爽：口舌失去味覺。爽，敗
壞、傷害。

❺ 彼：那些。

❻ 外道：佛教對其他宗教的叫法。

❼ 得道：完成修煉。

❽ 或：有的、有些。

❾ 徒：白白。

❿ 復爾：本解作「這樣」，這裏可
以理解為「這個道理」。

文言知識

多 義 詞

多義字，是指兼備兩個或以上字義的字。本課〈愚人食鹽〉第一
段有「主人聞已」句，當中的「已」就是多義字：

「已」起初解作「停止」，後來延伸出多個意思：完結、已經、太
過等等，例如：

①停止：一國百姓好服紫不已。（〈齊桓公好服紫〉）

②已經：已逃秦矣。（〈扁鵲見蔡桓公〉）

③完結、了：主人聞已。（〈愚人食鹽〉）

又例如第一段末尾的「爽」也有多個意思：舒爽、敗壞、明亮等
等，所謂「口爽」就是指「口舌敗壞」，也就是「失去了味覺」。為甚
麼一定要解作「敗壞」呢？由於前文提到愚人吃了大量的鹽，吃了大
量的鹽，嘴巴自然不能品嘗到食物的真正味道，由此可以推敲出「爽」
在這裏解作「敗壞」，而不可能是「舒爽」。

我們可以根據文字部件、文字字義，還有前文後理，來推敲難解
字的真正意思，詳情可以參考本冊最後三課——〈人有亡鈇者〉、〈外
科醫生〉、〈指鹿為馬〉。

《百喻經》是天竺（今天的印度）僧人僧伽斯那所編寫的，後來他的弟子求那毘（讀【皮】）地前來南齊傳道，並在首都建業把這本書翻譯為漢語。

「百喻」就是「一百個比喻」，《百喻經》卻只有九十八個寓言故事；有學者認為，如果連同書本開首的引言和末尾的跋（讀【拔】）文一同計算，就合共有一百則故事。

書中每個故事都可分為兩部分：「喻」就是正文，「法」就是所引申的佛教教義。例如本課〈愚人食鹽〉，第一段記述愚人認為鹽十分美味，於是毫無節制地進食，結果失去味覺，這就是「喻」；第二段藉着愚人食鹽的故事，告誡佛門弟子做事要適可而止，不可將「節飲食」理解為「斷飲食」，否則會傷害身體，這就是「法」。

適 可 而 止

大家喜歡欣賞山水畫嗎？很多人對山水畫不感興趣，一來因為色彩單調，二來畫紙上有許多留白，沒有甚麼可觀之處。事實上，留白，正正體現了古人的價值觀——適可而止。

清人曾國藩曾說：「話不說盡有餘地，事不做盡有餘路，情不散盡有餘韻。」這三句話告訴我們：無論說話、做人、做事、處世，都要留有餘地，要適可而止，不能「去得太盡」。

在《三國演義》裏，曹操新敗於赤壁之戰，大家希望除之而後快，諸葛亮於是派關羽在華容道攔截曹操，關羽卻最終放過曹操一馬，因為曹操畢竟救過自己一命。這固然是關羽有情有義的表現；事實上，諸葛亮也了解到，如果去得太盡，把新敗的曹操殺掉，那麼剛被曹操平定的北方，就會再次陷入混戰當中，受苦的最終還是百姓。

有時，放過敵人，不是懦弱、優柔寡斷的表現，而是為自己留後路，否則反而會讓自己陷於困境。

文章理解

1. 選出以下文句中的粗體字的意思。

(i) 更為**益**鹽。 ○ A. 滿溢 ○ B. 好處 ○ C. 加添

(ii) 無**益**於道。 ○ A. 滿溢 ○ B. 好處 ○ C. 加添

(iii) 便**空**食鹽。 ○ A. 沒有 ○ B. 只是 ○ C. 天空

2. 試根據文意，把以下文句語譯為語體文。

少有尚爾，況復多也？

_____

3. 主人加鹽後，愚人有甚麼想法？

①忽然失去味覺。 ②覺得沒有味道。

③很想吃多點鹽。 ④認為鹽很美味。

○ A. ①② ○ B. ①④ ○ C. ②③ ○ D. ③④

4. 愚人的結局是怎樣的？故事想藉此帶出甚麼道理？

_____

_____

5. 承上題，第二段舉出了甚麼事例，來進一步說明這道理？

_____

_____

_____

6. 本文有着哪些寫作特色？(答案可以多選)

○ A. 四字一句 ○ B. 隔句押韻

○ C. 借物說理 ○ D. 借事說理

齊桓公好服紫

　　國君廉潔愛民，崇尚文教，那麼百姓自然加以仿效，社會風氣也會變得淳樸、團結；相反，國君崇尚武力、官員貪贓枉法，那麼百姓自然有樣學樣，整個社會就會充斥着這股歪風，後果堪虞。

　　一國之君，從古到今都是百姓的表率，就好像齊桓公那樣：在古代，紫色染料難求，因此染成紫色的布匹價值不菲，齊桓公卻偏偏喜歡穿紫色的衣服，結果全國牽起「服紫熱」，更連帶紫色布匹的價格亦飆升。桓公見事態嚴重，於是接納管仲的建議，聲稱自己討厭穿紫色衣服，結果在三日之內，全國百姓真的馬上棄穿紫衣了。

原文　據戰國·韓非《韓非子·外儲説左上》略作改寫

　　齊桓公好【耗】服紫，一國❶盡服紫。當是時也，五素❷不得一紫，桓公患❸之，謂❹管仲曰：「寡人好服紫，紫貴甚，一國百姓好服紫不已❺，寡人奈何❻？」　見「文言知識」

　　管仲曰：「君欲止之，何不試勿❼衣紫也，謂左右曰：『吾甚惡【wu3】紫之臭【意】。』於是左右適❽有衣紫而進者，公必曰：『少卻，吾惡紫臭！』」公曰：「諾❾。」

　　於是日郎中❿莫衣紫，其明日國中莫衣紫，三日境內莫衣紫也。

注釋

❶ 國：這裏解作「國都」、「首都」。

❷ 素：未曾染色的絲織品，價格高昂。

❸ 患：擔心。

❹ 謂：告訴。

❺ 已：停止。

❻ 奈何：怎麼辦。

❼ 勿：不。

❽ 適：正好、剛巧。

❾ 諾：應對之辭，相當於「好的」。

❿ 郎中：官職名，國君的近身侍衛。

文言知識

多 音 字

多音字，是指有着不同讀音的字：不同的讀音，有着不同的詞性和詞義。

譬如「好」本來讀【hou2】，是形容詞，解作「美好」、「良好」；可是在課文開首「齊桓公好服紫」裏的「好」，卻是讀【耗 hou3】，是動詞，解作「喜歡」、「喜愛」。「齊桓公好服紫」就是指「齊桓公喜歡穿着紫色的衣服」。

又如在〈陳遺至孝〉（見頁 086）中，主角陳遺的「遺」應該讀【圍 wai4】；可是在「歸以遺母」一句中，卻要讀【胃 wai6】，解作「給予」。

那麼，大家知道課文裏「衣」和「惡」這兩個字的正確讀音是甚麼嗎？

韓非是戰國時代法家的代表，他在教授學生時，需要用上大量故事作為教材，在《韓非子》中，〈外儲說〉就是把這些教材整合起來的章節。

法家強調人人都要遵守法規，作為國君的，就更要以身作則。韓非因而引用了齊桓公的故事，來說明這個道理：

齊桓公喜歡穿紫色衣服，百姓因而加以仿效，結果使紫色衣服價格高漲。這讓齊桓公擔憂不已，擔心百姓奢侈成風。宰相管仲於是提議齊桓公以「甚惡紫之臭」為藉口，表示自己不再穿紫色衣服，結果短短三日之內，全國百姓真的都不再穿紫色衣服了。

一國之君的言行是好是壞，都能影響百姓，因此為政者必須以身作則，成為百姓的榜樣，才能做到長治久安。

以 身 作 則

一國之君固然要以身作則；同樣，一家之長，也必須為家人 ── 尤其是孩子 ── 樹立好榜樣。

《韓非子・外儲說左上》還記載了「曾子殺豬」的故事：曾子的妻子要到市集，可是兒子硬要跟着她。為了擺脫孩子，妻子於是答應孩子回來後給他殺豬吃。不久，妻子回來，卻看見曾子正準備殺豬，她馬上跟曾子說：「剛才我只是開玩笑而已。」

曾子於是解釋：孩子沒有判斷是非的能力，唯有以父母為榜樣，父母不論做得好不好，他都照單全收。父母如果跟孩子說謊，孩子不但會有樣學樣，甚至可能從此不信任父母，後果非常嚴重。妻子聽後，認為很有道理，於是就讓曾子殺豬了。

其實，即使不是國君、不是家長，我們也可以成為別人的榜樣：保持公共場所整潔、在車廂裏保持安靜……這樣，人人互相學習，真正和諧、文明的社會才能實現。

文章理解

1. 圈出以下文句中粗體多音字的讀音,並把詞義寫在橫線上。

                                     讀音   詞義

  (i)   何不試勿**衣**紫也。   【依 / 意】 _____

  (ii) 吾甚**惡**紫之臭。   【ok3/wu3】 _____

2. 試根據文意,把以下文句語譯為語體文。

    少卻,吾惡紫臭!

    _____

3. 齊桓公憑甚麼說「紫貴甚」?請摘錄原句,並略加說明。

  (i)   原句:□□□□□□

  (ii) 說明: _____

4. 為甚麼管仲建議齊桓公表示自己討厭紫色衣服?

    _____

    _____

5. 文章最後一段運用了哪一種修辭手法?

  ○ A. 對偶   ○ B. 對比   ○ C. 排比   ○ D. 層遞

6. 承上題,該段落運用這種修辭手法有甚麼好處?

    _____

7. 百姓的舉動與齊桓公有甚麼關係?

    _____

    _____

3 哀溺文序（節錄）

　　有一天，老師請同學們吃糖果。她把糖果放在一個窄口玻璃瓶裏，然後說：「你們能拿多少就拿多少，也可以分幾次拿。」

　　有位同學想一次過拿最多的糖果，於是一手伸進瓶裏，拿了十多顆，卻因為拿得太多，拳頭變大了，反而不能離開瓶口。

　　老師於是說：「不如試試放棄一些，吃完再拿？」那位同學照做，只拿了四、五顆，這次拳頭終於可以離開瓶口了。

　　跟糖果一樣，錢財、名譽、權力，人人都想擁有，可是擁有得太多，反而對自己不利，就像文中主角那樣，不懂得「知足常樂」的道理，最終為財而死。

原文 唐・柳宗元

　　永❶之氓❷【民】咸善游。一日，水暴甚，有五、六氓，乘小船絕❸湘水。中濟❹【制】，船破，五、六氓皆游。其一氓盡力而不能尋常❺。其侶❻曰：「汝善游最也，今何後為❼？」3A.【　　　　】曰：「吾腰千錢，重，是以後。」3B.【　　　　】曰：「何不去❽【許】之？」不應，搖其首。有頃❾【king5】益怠❿【殆】。已濟者立岸上呼且號⓫【豪】曰：「汝愚之甚⓬，蔽之甚！身且死，何以貨為？」3C.【　　　　】又搖其首，遂溺死。

注釋

❶ 永：永州的簡稱，位於今天湖南省南部。

❷ 氓：百姓。

❸ 絕：橫渡。

❹ 濟：渡河、過河。

❺ 尋常：古代長度單位，這裏比喻短的距離。

❻ 侶：同伴。

❼ 為：表示疑問的語氣助詞。

❽ 去：丟掉。

❾ 有頃：一會。

❿ 怠：疲倦、乏力。

⓫ 號：大叫。

⓬ 之甚：……得厲害。

文言知識

主語省略

　　主語，是句子裏的主角；而主語省略，就是指句中主語會因為前、後文的內容而省略，可以分為三類。本課先講解「承前省」和「對話省」。

　　承前省，是指前後文的主語相同，後句中的主語因而省略。課文第一段提到「有五、六氓，乘小船絕湘水」，當中的主語是「五、六氓」，即「五、六個百姓」；後文「皆游」這一句的主語，也是「五、六氓」。由於與前文主語相同，為了行文簡潔，「皆游」一句因而把主語【五、六氓】省略。

　　對話省，是根據對話的發言次序，來省略說話者的身份。譬如在〈鸚鵡滅火〉（見頁 094）中，鸚鵡想撲滅山火，天神於是說：「汝雖有志意，何足云也？」由於這段對話只涉及天神和鸚鵡，天神說完後，鸚鵡自然會作出回應，故此後句「對曰」就把主語「鸚鵡」省略。

　　本課的對話部分正是出現了對話省，大家知道說話者的身份分別是誰嗎？

柳宗元本是京官，與王叔文等人推行改革，試圖扭轉宦官亂政的局面，不料事敗，結果被貶至今天湖南省南部、偏遠荒涼的永州。

柳宗元在永州十年，由最初的驚懼不安，到後來的憤慨難平，都借多篇流傳後世的遊記和寓言抒發出來，而〈哀溺文序〉就是其中一篇著名的寓言。

〈哀溺文序〉是〈哀溺〉這篇文章的序言。故事講述永州發生水災，百姓乘船逃難，可是船隻中途破爛，他們只好游泳渡河。其中一位本來擅長游泳的百姓，死也不肯丟掉腰間的錢財，結果身體越游越乏力，最終不勝負荷，遇溺而死。

柳宗元正是要借這個貪財百姓溺斃的故事，來警告那些朝中奸臣：如果繼續貪戀權位，他們總有一日會葬身於名利場中。

知 足 常 樂

和珅，一個家喻戶曉的電視劇角色，是貪財無道的代表。事實上，和珅在為官初期是非常清廉的，加上勤快聰敏，因而得到乾隆帝的賞識，自此扶搖直上，官職也越做越高。

和珅卻因為不知滿足，結果走上貪污瀆職的不歸路。接受官員賄賂已經是家常便飯，就連自己府邸的裝潢也超越了官員的標準，幾乎富可敵國。乾隆帝退位後，甚至叫和珅站在嘉慶帝側邊聽政，和珅因而被稱為「二皇帝」。

和珅的囂張跋扈，為滿朝文武所不滿，只是因為乾隆帝過於看重他，大家也只好忍氣吞聲。到乾隆帝駕崩後，老臣子劉墉上奏彈劾和珅貪污甚巨，嘉慶帝於是乘機將和珅革職查辦。「貪財不知足，貪勝不知輸」，位極人臣的和珅最後被嘉慶帝賜予白綾一條，在家中自盡，不得善終。

文章理解

1. 試解釋以下文句中的粗體字，並把答案寫在橫線上。

   (i) 永之氓**咸**善游。 　　　　　　　咸：＿＿＿＿＿＿

   (ii) 有頃**益**怠。 　　　　　　　　　益：＿＿＿＿＿＿

   (iii) 又搖其首，**遂**溺死。 　　　　　遂：＿＿＿＿＿＿

2. 試根據文意，把以下文句語譯為語體文。

   身且死，何以貨為？

   ＿＿＿＿＿＿＿＿＿＿＿＿＿＿＿＿＿＿＿＿＿＿＿＿＿＿＿＿＿

3. 請在【　】的位置補回適當的主語。

4. 同伴問及遇溺者落後的原因，遇溺者怎樣回應？

   ＿＿＿＿＿＿＿＿＿＿＿＿＿＿＿＿＿＿＿＿＿＿＿＿＿＿＿＿＿

5. 承上題，同伴怎樣勸告遇溺者？

   ○ A. 向岸上的人求救。　　　　○ B. 丟掉身上的銅錢。

   ○ C. 丟棄身上的衣服。　　　　○ D. 把身上的銅錢交給其他人。

6. 根據文章內容，判斷以下陳述。

	正確	錯誤	無從判斷
(i) 永州百姓喜歡游泳，所以泳術了得。	○	○	○
(ii) 岸上的百姓認為遇溺者被錢財蒙蔽。	○	○	○

7. 你認同「人為財死，鳥為食亡」這句話嗎？試加以說明。

   ＿＿＿＿＿＿＿＿＿＿＿＿＿＿＿＿＿＿＿＿＿＿＿＿＿＿＿＿＿

   ＿＿＿＿＿＿＿＿＿＿＿＿＿＿＿＿＿＿＿＿＿＿＿＿＿＿＿＿＿

4 漢世老人

多年前，某銀行廣告的宣傳口號這樣說：「你不理財，財不理你。」誠然，住屋、飲食、衣着、出行、娛樂……每一件事都不能離開錢，因此「理財」已經成為現代人為求生存的一大任務。

「儲蓄」是理財的根本，揮霍無道，再富有的人也有坐吃山崩的一天；然而，反過來說，過於節儉，惜財如命，死守錢財而不用的守財奴，其心理狀態也好不了多少。就好像本課課文的那位老人，節儉到連丁點錢財也不敢自用，吝嗇到連十個銅錢也不肯施捨——難道死後真的可以把錢財帶到地府使用嗎？

原文 據東漢‧邯鄲淳《笑林》略作改寫

漢世●有人，年老無子，家富，性儉嗇【色】；惡衣蔬食●，侵●晨而起，侵夜而息；營理產業，聚斂【臉】●無厭【忽】 見「文言知識」；而弗敢自用。

或●人從之求丐者，不得已●而入內取錢十，自堂而出，隨步輒【接】減，比至於外，才餘半在，閉目以授乞者。尋●復囑云：「我傾家贍【sim6/著】君，慎勿他說，復相效而來！」老人俄死，田宅沒官，貨財充於內帑【倘】●矣。

注釋

① 漢世：漢代。

② 蔬食：以蔬菜、粗糧為食物，相當於「吃粗劣的食物」。

③ 侵：迫近。

④ 聚斂：聚集、儲蓄。

⑤ 或：有個。

⑥ 不得已：不能阻止，相當於「沒有辦法」。

⑦ 尋：不久。

⑧ 內帑：宮內的庫房。帑，貯藏錢財的庫房。

文言知識

表 示「否 定」的 副 詞

表示「否定」的副詞，可以用來表示某事物沒有發生或出現，例子有：不、弗、未、勿、無、毋（讀【無】）、莫、非、匪、靡（讀【美】）等等，意思相當於「不」、「沒有」。

譬如課文第一段「聚斂無厭」的「聚斂」解作「儲蓄」，「無」相當於「不」，「厭」解作「節制」。整個句子就是說老人「只顧儲蓄金錢，從不節制」。

這類副詞還能夠表示阻止他人做某件事，意思相當於「不要」，例子有：勿、毋、莫、無等等。

譬如〈張元飼棄狗〉（見頁 110）裏有這一句：「元乞求毋棄。」就是說張元懇切地請求叔父不要拋棄小狗。

要留意的是，「沒」在古代多解作「沉沒」、「沒收」、「消失」等，甚少解作「沒有」。

《笑林》是中國第一部笑話集,作者是東漢末年的邯鄲淳(讀【寒丹純】)。《笑林》原書已經散佚,只餘下二十餘則笑話,例如〈截竿入城〉、〈煮竹蓆〉,以及本課〈漢世老人〉等等,散見於不同的古籍裏。

〈漢世老人〉講述一位老人家雖然富有,卻十分吝嗇,賺來的錢只管儲存起來,分毫也不敢自用;後來有人前來乞求老人施捨,老人卻竟然把善款扣半,更告訴乞丐不要對外宣揚。文章通過表情、動作、說話等方面的描寫,把老人吝嗇的性格描繪得淋漓盡致。

常言道:「錢財乃身外物。」更遑論將錢帶進棺材了。人生苦短,與其像漢世老人那樣,毫無節制地儲蓄,如此痛苦,何不有節制地花費,讓自己過得開心一點?

理 財 有 度

說到以吝嗇著名的歷史人物,可以說非王戎莫屬。《世說新語·儉嗇》裏就提到王戎種種吝嗇的表現。

「王戎儉吝,其從(讀【仲】)子婚,與一單衣,後更責之。」話說王戎的姪子結婚,王戎只送了一件單層衣服作為賀禮,更離譜的是,姪子完婚後,王戎竟然問他要回賀禮。

姪子不是親生的,王戎對他吝嗇,也許不足為奇,不過如果是親生女兒呢?「王戎女適裴頠(讀【陪蟻】),貸錢數萬。女歸,戎色不說(悅)。女遽還錢,乃釋然。」王戎嫁女,並借錢(嫁妝不是父母送給女兒的嗎?)給女兒辦婚事。後來女兒回家探望父親,卻因為沒有還錢而導致王戎黑面,女兒馬上還錢後,王戎也隨即變臉⋯⋯

連對自己的女兒也如此斤斤計較,把錢財看得比自己的親人還重要,這樣的人生還有快樂可言嗎?

文章理解

1. 試解釋以下文句中的粗體字，並把答案寫在橫線上。

   (i) **弗**敢自用。 　　　　　　　　　　弗：＿＿＿＿＿＿＿＿

   (ii) 我傾家**贍**君。 　　　　　　　　　贍：＿＿＿＿＿＿＿＿

2. 試根據文意，把以下文句語譯為語體文。

   或人從之求丐者。 ＿＿＿＿＿＿＿＿＿＿＿＿＿＿＿＿

3. 老人怎樣告誡乞丐？當中的目的是甚麼？

   (i) 告誡：＿＿＿＿＿＿＿＿＿＿＿＿＿＿＿＿＿＿＿＿＿

   (ii) 目的：＿＿＿＿＿＿＿＿＿＿＿＿＿＿＿＿＿＿＿＿＿

   ＿＿＿＿＿＿＿＿＿＿＿＿＿＿＿＿＿＿＿＿＿＿＿＿＿＿＿

4. 老人死後，他所儲蓄的錢財去向如何？

   ①財產被乞丐瓜分一空。　　　②錢財全被充公到庫房裏。

   ③田地和房屋被官府沒收。　　　④錢財用作老人的陪葬品。

   ○ A. ①②　　　○ B. ①③　　　○ C. ②③　　　○ D. ②④

5. 分辨下列句子所運用的人物描寫手法。

   (i) 自堂而出，隨步輒減。 ＿＿＿＿＿＿＿描寫

   (ii) 閉目以授乞者。 ＿＿＿＿＿＿＿描寫

   (iii)「我傾家贍君，慎勿他説。」 ＿＿＿＿＿＿＿描寫

6. 可以用哪三個字來描述文中的老人？

守		

周處除三害

孔子的學生子貢在《論語・子張》中説過：「君子之過也，如日月之食焉：過也，人皆見之；更也，人皆仰之。」

其實不只是君子，任何人犯錯都會被人看到，就好像周處，年輕時放任自己，到處欺負鄉民，所有人不但都看在眼內，甚至為他的「死」而慶祝。

幸好，周處痛定思痛，決定改過自新。他不但成功「翻身」，更成為了朝廷命官，政績彪炳，更著有《默語》、《風土記》等典籍。他的決心、他的轉變、他的成功，同樣為後世所稱頌，正如子貢所説：「更也，人皆仰之。」

原文 據南朝・宋・劉義慶《世説新語・自新》略作改寫

周處年少時，【柱】兇強俠氣 ❶，為 ❷ 鄉里 ❸ 所患。又義【圍】興 ❹ 水中有蛟 ❺【交】，山中有邅跡虎 ❻【煎】，並皆暴犯百姓，義興人謂為「三橫 ❼」【waang6】，而處尤劇。

或説 ❽【歲】處殺虎斬蛟，實冀三橫唯餘其一。處即刺殺虎，又入水擊蛟，蛟或浮或沒，行數十里，處與之俱。經三日三夜，鄉里皆謂【見「文言知識」】處或已死，更相慶。竟殺蛟而出，聞里人 ❾ 相慶，始知為人情 ❿ 所患，有自改意。

注釋

❶ 俠氣：豪俠的氣概，這裏指周處任意妄為。

❷ 為：動詞，相當於「是」。

❸ 鄉里：同鄉。

❹ 義興：義興郡，周處家鄉，即今天江蘇省的宜興。

❺ 蛟：蛟龍，傳說中能引發洪水的龍。

❻ 遭跡虎：跛腳老虎。

❼ 橫：禍害。

❽ 説：遊説、説服。

❾ 里人：同鄉。

❿ 人情：人心、人的心裏。

文言知識

虛詞「或」

「或」是常見的虛詞，有以下四種用法：

【一】**用作代詞，相當於「有人」。**譬如課文第二段：

原文：**或** 説 處 殺 虎 斬 蛟 。

譯文：**有人**遊説周處殺死老虎 和蛟龍。

【二】**用作副詞，表示不肯定，相當於「或許」、「也許」。**譬如司馬遷在《史記・封禪書》裏説：

原文：其神 **或** 歲   不至，**或** 歲   數 來。

譯文：這神靈**也許**一整年都不來，**也許**一年來幾次 。

句子裏的「或」就是説明了**對神靈前來的次數並不肯定**。

【三】**用作連詞，表示選擇，相當於「或者」。**譬如歐陽修在〈朋黨論〉説：「及其見利而爭先，**或**利盡而交疏。」説明了朝中小人對利益的態度：「有利益時，會爭相奪取」、「沒有利益時，會變得生疏」，二擇其一。

【四】「**或……或……**」句式裏的「或」同樣用作連詞，相當於「有時……有時……」。課文第二段「蛟或浮或沒」就是這種句式。

周處的父親周魴（讀【防】）曾經是吳國的鄱（讀【婆】）陽太守。也許自恃是「官二代」，加上周魴早死、母親溺愛，周處因而變得任意妄為，成為鄉人的禍患。

不過，周處也不是沒有自知之明。據《晉書·周處傳》記載，周處「自知為人所惡，乃慨然有改勵之志」，於是在鄉親父老的勸說下，親自擊殺老虎和蛟龍。經過連日激戰，周處因為還未回來，大家都認為他已死，於是互相慶祝；就在這時，周處凱旋而歸，卻知道大家為自己的死而慶祝，因而痛定思痛，決心改過。

周處於是拜文學家陸機、陸雲為師，加上自身武藝非凡，文武兼備，終於得到朝廷重用，先後當上吳國的東觀左丞、西晉的新平太守、廣漢太守，以及御史中丞，負責監察百官。可見，只要知錯能改，就一定可以得到別人的賞識和重用。

改過自新

被譽為「唐詩詩祖」的陳子昂，也是改過自新的好例子。據《新唐書》記載，陳子昂出身豪門，因而沾染了意氣用事的陋習（「尚氣決」），甚至「十八未知書」。

他的好友盧藏用曾寫過〈陳子昂別傳〉一文，記述了陳子昂改變的經過：陳子昂入學讀書後，才知道自己浪費了十多年的光陰，因而「慨然立志，因謝絕門客，專精墳典」，專心讀書，逐漸培養出驚為天人的文風、詩才。到後來考科舉，更取得極好的成績，甚至得到武則天的賞識，最終被賜予「祕書省正字」的官職，負責校對典籍。

有心不怕遲，只要還有改過的決心，任何時候都是好時機：你將會成為另一個周處、另一個陳子昂嗎？

文章理解

1. 試解釋以下文句中的粗體字，並把答案寫在橫線上。

(i) 為鄉里所**患**。　　　　　　　　**患**：_____

(ii) 而**處**尤**劇**。　　　　　　　　**劇**：_____

(iii) **處**與**之**俱。　　　　　　　　**之**：_____

2. 試根據文意，把以下文句語譯為語體文。

蛟或浮或沒。

_____

3. 為甚麼周處會成為義興郡的「三橫」之一？

①因為他行事任意妄為。　　②因為他平生不愛讀書。

③因為他專門打家劫舍。　　④因為他為人兇殘強悍。

○ A. ①④　　　○ B. ②③　　　○ C. ②④　　　○ D. ①③④

4. 周處與蛟龍連戰三天三夜，同鄉都有甚麼結論？

_____

5. 《禮記》引用過孔子的名言：「好學近乎知（智），力行近乎仁，知恥近乎勇。」結合課文內容和周處的生平，你認為周處能夠做到「知」、「仁」和「勇」嗎？試抒己見。

(i) 知：_____

(ii) 仁：_____

(iii) 勇：_____

第２章

胯下之辱

「若雖長大，好帶刀劍，中情怯耳！」

「信能死，則刺我。」

「不能死，則出我袴下。」

信俯出袴下，蒲伏。一市人皆笑信，
以為怯。

勇毅

勇毅，就是「勇氣」和「堅毅」。

「堅毅」固然人人都知道，那麼「勇氣」呢？

很多人以為是「有仇必報」之勇。

可是，孔子說：「勇者不懼。」

真正的「勇」，是臨危不亂、忍辱負重，不是魯莽衝動。

如果韓信一時衝動，也許會因刺傷屠中少年而惹禍上身；

如果司馬光遇事慌張，也許不能救回缸中小孩的一命；

如果蘇秦不甘家人冷待自己，離家出走，他還可以翻身嗎？

世情複雜，我們需要臨危不亂；

人心不古，我們更要忍辱負重。

本章的四個故事：〈樂羊子妻〉、〈蘇秦刺股〉、

〈司馬光救友〉、〈胯下之辱〉，

將會跟大家分享怎樣

無懼一時的挫折，堅持自己的理想，

成為一個真正的「勇者」。

樂羊子妻

　　恆心，是把事情做得成功的基本條件。

　　面對智叟的嘲笑，愚公不但沒有放棄，反而努力不懈，與家人年復年、月復月的開鑿太形、王屋，最終感動天神，把大山移走。

　　為了報仇，為了避免後人重蹈自己淹死的覆轍，精衛鳥每天都含着西山上的木石，然後丟到東海去，想把東海填滿。

　　「愚公移山」和「精衛填海」都是神話故事，卻告訴了我們一個道理：只要有恆心，山可移走，海可填滿。平凡人也可以因此成為大學者，就好像下文的樂羊子。

原文　據南朝·宋·范曄《後漢書·列女傳》略作改寫

　　河南樂羊子之妻者，不知何氏之女也^{見「文言知識」}。

　　羊子遠尋師學。一年來歸，妻跪問其故。羊子曰：「久行懷思，無它❶異也。」妻乃引❷刀趨機而言曰：「此織❸生自蠶繭^{【揀】}，成於機杼^{【柱】}，一絲而累^{【裏】}❹，以至於寸，累寸不已，遂成丈匹。今若斷斯織也，則捐失❺成功，稽廢^{【溪】}❻時月。夫子❼積學，若中道而歸，何異斷斯織也？」

　　羊子感其言，復還終❽業，遂❾七年不反。

注釋

❶ 它：通「他」，其他。

❷ 引：拿起。

❸ 織：布匹。

❹ 累：累積。

❺ 捐失：捨棄、錯過。

❻ 稽廢：拖延、浪費。

❼ 夫子：婦人對丈夫的尊稱，相當於「您」。

❽ 終：完成。

❾ 遂：最終。

文言知識

虛 詞 「 也 」

虛詞「也」是常見的語氣助詞，能表達不同的語氣。

──────────────────────

【一】表達肯定的語氣。在這個時候，「也」字沒有實際意思，不用語譯，例如課文開首：

原文：樂羊子之妻 者，不知 何 氏 之女 也。

譯文：樂羊子的妻子 ，不知道是哪個家族的女子 。

──────────────────────

【二】表達疑問、反問或感歎的語氣。

疑問：何故 歐 驥 也？（〈墨子責耕柱子〉）

為甚麼你會鞭策好馬呢？

反問：況 復多 也？（〈愚人食鹽〉）

何況再多吃（一點）呢？

感歎：當 以其 方 也！（〈責人當以其方〉）

應當有充分的理由啊！

──────────────────────

【三】如果在句子間出現，則可以讓語句稍作停頓，同樣沒有實際意思，不用語譯。例如柳宗元〈哀溺文序〉：

原文：汝（最）善 游 最也，今 何 後 為？

譯文：你 最 擅長游泳 ，現在為甚麼會落後呢？

顧名思義，《後漢書‧列女傳》所記的，都是東漢（後漢）時有德行的一眾（列）女子，包括河南士人樂羊子的妻子。

〈樂羊子妻〉的故事很簡單：樂羊子到遠地求學，卻不久就回家，樂羊子妻因而以布匹為喻：如果剪斷正在編織的絲綢，就會前功盡棄；同樣，讀書也不能半途而廢，否則只會一無所學。樂羊子聽後十分感動，於是乖乖返回遠方的學校，繼續完成學業。

「列女」一詞，始於西漢末劉向的《列女傳》。本書記載了歷代女子的德行，譬如〈孟母三遷〉中孟子的母親。自此，不少史學家都給婦女立傳，就例如范曄的《後漢書》。不論是劉向還是范曄的〈列女傳〉，雖然內容都離不開女子要「三貞九烈」的封建思想，卻給予了當時的婦女一定的社會和歷史地位。

學貴有恆

東漢有樂羊子妻切斷布匹來勉勵丈夫，類似的橋段其實在更早的典籍中就出現過，見於西漢初年的《韓詩外傳》。

據《韓詩外傳》記載，孟子小時候，有一次背誦書本，而他的母親正在織布。不知道為甚麼，孟子忽然戛然而止，停了下來，不久又繼續背誦。

孟母知道孟子分心，於是把他叫來，然後在他面前割斷自己的布匹。孟子雖然懶惰，可是不愚蠢，知道母親之所以這樣做，是為了告訴他，學習要持之以恆，不能分心。如此震撼的畫面讓孟子醒悟過來，從此讀書時就不敢再分心了。

我們未必可以成為像孟子般的聖人，卻可以擁有像他一樣的恆心，把每件事做好，做一個成功的人。

文章理解

1. 試解釋以下文句中的粗體字，並把答案寫在橫線上。

　　(i)　不知何**氏**之女也。　　　　　　　**氏**：＿＿＿＿＿＿

　　(ii)　妻乃引刀**趨**機而言曰。　　　　**趨**：＿＿＿＿＿＿

　　(iii)　遂七年不**反**。　　　　　　　　**反**：＿＿＿＿＿＿

2. 試根據文意，把以下文句語譯為語體文。

　　(i)　無它異也。＿＿＿＿＿＿＿＿＿＿＿＿＿＿＿＿

　　(ii)　何異斷斯織也？＿＿＿＿＿＿＿＿＿＿＿＿＿＿

3. 第二段「一絲而累，以至於寸，累寸不已，遂成丈匹」運用了哪一種修辭手法？

　　○ A. 對偶　　○ B. 層遞　　○ C. 排比　　○ D. 擬人

4. 承上題，樂羊子妻想藉此說明絲綢有甚麼特點？

　　＿＿＿＿＿＿＿＿＿＿＿＿＿＿＿＿＿＿＿＿＿＿＿＿＿

5. 樂羊子妻作了甚麼假設，來說明半途而廢的後果？請寫出原文句子，並略作說明。

　　(i)　原文：＿＿＿＿＿＿＿＿＿＿＿＿＿＿＿＿＿＿＿

　　(ii)　說明：＿＿＿＿＿＿＿＿＿＿＿＿＿＿＿＿＿＿＿

6. 樂羊子妻將編織絲綢與求學相提並論，當中運用了哪一種論證方法？她想藉此說明甚麼道理？

　　(i)　方法：＿＿＿＿＿＿＿論證

　　(ii)　道理：＿＿＿＿＿＿＿＿＿＿＿＿＿＿＿＿＿＿＿

蘇秦刺股

蘇秦遊說秦王採納自己的主張，不幸失敗，回家後更遭受家人的冷待，因而激發起決心，花了一年的時間，重新上路，最終得到燕王的重用。

有人說，蘇秦的家人勢利，見蘇秦失敗，因而冷待他；也有少數人認為他們是運用激將法，藉以刺激蘇秦奮發圖強。

不過無論如何，如果蘇秦自身沒有堅毅不屈的鬥志，那麼家人是反面鞭策，還是正面鼓勵也好，他最終都不會成功的。

原文 據西漢‧劉向《戰國策‧秦策一》略作改寫

蘇秦說秦王書十上而說不行。黑貂之裘【歲】弊，黃金百斤盡【丟】，資用【求】乏絕，去秦而歸。嬴縢履蹻【雷縢李蹻】，負書擔橐【託】，形容枯槁【稿】，面目犁黑【黎】，狀有歸【愧】色。

歸至家，妻不下紝【任】，嫂不為炊【吹】，父母不與言。蘇秦喟歎曰：「妻不以我為夫，嫂不以我為叔，父母不以我為子，是皆秦之罪也。」

乃夜發書，陳篋【峽】數十，得《太公陰符》之謀，伏而誦之，簡練以為揣摩【喘魔】。讀書欲睡，引錐自刺其股【見「文言知識」】，血流至足。

期年【基】，揣摩成，曰：「此真可以說當世之君矣！」

注釋

❶ 裘：皮衣。

❷ 資用：錢財。

❸ 羸縢履蹻：指包裹（羸）着綁腿布（縢），穿着（履）草鞋（蹻）。

❹ 橐：袋子、行李。

❺ 枯槁：憔悴。

❻ 犁黑：黑色。

❼ 歸：通「愧」，慚愧。

❽ 紝：本指織布機織出的布匹，這裏借指織布機。

❾ 篋：箱子。

❿ 《太公陰符》：相傳是姜太公所寫的兵書。

⓫ 簡練以為揣摩：揀選書中的精華部分，來衡量和研究。

⓬ 期年：滿一年。

文言知識

詞　性　活　用

又稱為「詞類活用」，指部分詞語的詞性，會因應特定的語言環境而作出臨時的改變。

課文第三段提到蘇秦「引錐自刺其股」。「刺」本是帶有細刺的兵器，是名詞；「自」解作「親自」：可是把句子解作「親自兵器」，是解不通的。

原來，「刺」在這裏是根據兵器的功用——刺入敵人體內，從名詞臨時變為動詞，解作「刺入」。「自刺其股」也就是「親自刺入自己的大腿」。

詞類活用一般見於名詞、動詞和形容詞。柳宗元〈三戒〉的序裏有「出技以怒強」這句。「怒」和「強」本是形容詞，在這裏卻分別臨時用作動詞和名詞，解作「激怒強大的人」。

部分名詞也可以用作狀語，去描述動作的方向、方法、時間、頻率等。譬如〈木蘭辭〉「旦辭爺娘去」中的「旦」，本是名詞，解作「日出」，在這裏則臨時用作狀語，解作「在日出時」，來描述木蘭辭別父母的時間。

《戰國策》記載了戰國時代各國政客的言論或說辭，例如本文就記載了縱橫家蘇秦在發跡前的經歷。

蘇秦拜鬼谷子為師，學習合縱、連橫之術。學成後，他就到了秦國，多次上書給秦孝公，遊說他採用「連橫之術」，從西到東，橫向逐一消滅山東六國，怎料這主張最終不被秦孝公採用。蘇秦只好失魂落魄地回家，回家後卻受到妻子、嫂子和父母的冷待。

蘇秦心有不甘，於是埋首研究《太公陰符》裏的計謀。有時晚上讀書讀到想睡覺，他就拿起錐子，刺入自己的大腿，來提醒自己要發憤圖強。一年後，蘇秦研究成功，於是四出奔走，最終成功遊說燕國和趙國採用「合縱之術」，並拉攏齊國、韓國、魏國、楚國，從北到南，成一直線，抵抗強秦。

山東六國更一同封蘇秦為宰相，是為「六國大封相」。蘇秦風頭一時無兩，這都是他堅毅不屈的美滿成果。

堅 毅 不 屈

蘇秦的故事不期然讓筆者想到自己的經歷……

筆者小學時成績不俗，可是升中後卻遭受「滑鐵盧」，成績幾乎是在班中的下游位置。父母看到成績表後，固然不悦，可是家父卻不像蘇秦家人般無情。他知道筆者因自恃小學成績好而慘遭挫敗，故此竟然很少有地沒有責備筆者，反而勉勵筆者不要為以前的成功而自滿，更不要為現在的挫敗而氣餒。

筆者升上中二後，為了不讓自己和父母失望，因而急起直追，結果在全級名次中，成功從下游返回中游位置。一次意外不足以論成敗，最重要是在哪裏跌倒，就在哪裏站起來，甚至在哪裏取得成功。

文章理解

1. 試解釋以下文句中的粗體字，並把答案寫在橫線上。

    (i)　贏縢**履**蹻。　　　　　　　　履：＿＿＿＿＿＿＿

    (ii) **形容**枯槁，面目犁黑。　　形容：＿＿＿＿＿＿＿

    (iii) **期**年，揣摩成。　　　　　期：＿＿＿＿＿＿＿

2. 試根據文意，把以下文句語譯為語體文。

    乃夜發書，陳篋數十。

    ＿＿＿＿＿＿＿＿＿＿＿＿＿＿＿＿＿＿＿＿＿＿＿＿＿

3. 根據第一段，下列哪項有關蘇秦的描述是錯誤的？

    ○ A. 他遊說秦王失敗。　　　○ B. 他準備到其他國家。

    ○ C. 他的盤川已經耗盡。　　○ D. 他的衣服破爛不堪。

4. 蘇秦怎樣被妻子、嫂子、父母冷待？

    (i)　妻子：＿＿＿＿＿＿＿＿＿＿＿＿＿＿＿＿＿＿＿

    (ii)　嫂子：＿＿＿＿＿＿＿＿＿＿＿＿＿＿＿＿＿＿＿

    (iii) 父母：＿＿＿＿＿＿＿＿＿＿＿＿＿＿＿＿＿＿＿

5. 在讀書時，蘇秦怎樣保持頭腦清醒？

    ＿＿＿＿＿＿＿＿＿＿＿＿＿＿＿＿＿＿＿＿＿＿＿＿＿

6. 蘇秦擁有堅毅不屈的性格，試從文中舉一例，略作說明。

    ＿＿＿＿＿＿＿＿＿＿＿＿＿＿＿＿＿＿＿＿＿＿＿＿＿

    ＿＿＿＿＿＿＿＿＿＿＿＿＿＿＿＿＿＿＿＿＿＿＿＿＿

司馬光救友

早前看到一則新聞：紐西蘭一名母親開車遇上車禍，汽車卡在樹幹上。母親與五歲的兒子和三歲的女兒，一同被困車內。

幸好，小兒子臨危不亂，他先從被撞碎的後車窗逃生，然後救出同在後座的妹妹。兩人確定母親的安危後，就前往附近的社區中心求救。最終救援人員在男童的帶領下，成功救出母親。

即使不是意外，我們每天都會遇上不少突發事情，無論事情如何嚴重、如何危急，我們也要保持鎮定，這樣才不會因手足無措而錯過解決問題的機會。

原文 據元·脫脫等《宋史·司馬光傳》略作改寫

司馬光生七歲，凜然【凜 lam5】❶如成人。聞講《左氏春秋》，頗【見「文言知識」】愛之，退❷為家人講，即了❸其大指。自是手不釋書，至❹不知飢渴寒暑。

稍長【獎】，羣兒戲于【於】❺庭，甚歡。一兒登甕【甕 ung3】❻，足跌沒水中，眾皆棄去。光持石擊甕破之，水迸【迸 bing3】❼，兒得活。

注釋

❶ 凜然：嚴肅、可敬的樣子。

❷ 退：回家。

❸ 了：明白。

❹ 至：甚至。

❺ 于：同「於」，在。

❻ 甕：大水缸。

❼ 迸：湧出。

文言知識

程度副詞

　　程度副詞，能夠表示事物特質的輕重程度，可以分為三類：表輕度、表重度、表比較。

　　表示輕度的副詞有：稍、略、少（讀【小】）、頗、微等等，都可以解作「稍為」。例如〈齊桓公好服紫〉有這句：

　　原文：少　卻　　。

　　譯文：稍為退後。

　　表示重度的副詞有：頗、殊、甚、良、酷（解作「非常」）；極、絕（解作「極度」）；至、最（解作「最」）；太、尤（解作「太過」）等等。譬如課文的第一段：

　　原文：頗　愛　之　　　　　　。

　　譯文：非常喜歡《左氏春秋》。

　　表示比較的副詞有：彌、愈、越（解作「越是」）；益、愈、更、加（解作「更加」）等等。譬如〈扁鵲見蔡桓公〉有這句：

　　原文：不　治　　，　　將　益　深　。

　　譯文：不醫治的話，病情將會更加嚴重。

司馬光，字君實。君實，大概是父親希望他能像君子一樣老實。的確，司馬光小時候就已經像君子一樣嚴肅、老實。據記載，司馬光五六歲時，一位婢女替他將核桃去殼，司馬光卻說是自己去的殼，因而被父親責備，自此便不敢再說謊。

經歷了教訓後，七歲時的司馬光就更加凜然如成人了。他聽到別人講授《左氏春秋傳》後，就回家給家人講一次，對書中的大意非常清楚。《春秋》的微言大義，沒有成年人的智慧，又怎能理解？

司馬光還有着成年人的沉着。有次，有個孩子爬到一個大水缸上，卻不慎失足，跌入水裏。當其他孩子都嚇得紛紛離開時，司馬光卻鎮定地用石頭擊破水缸，讓水從水缸裏湧出，救回那孩子。

孔子說過：「勇者不懼。」真正的勇者，是臨危不亂的司馬光，而不是亂衝莽撞的匹夫。

臨 危 不 亂

有一次，諸葛亮帶兵北伐魏國，可是前線失利，諸葛亮唯有撤兵，並親身前往西城，安排運送糧草回國。

怎料魏國軍師司馬懿正率領十五萬大軍殺到西城。身在西城的諸葛亮只有兩千多兵馬，身邊更無大將守城。正當眾文官嚇得面如土色，諸葛亮卻臨危不亂，想出了「空城計」。

他要求四面城門大開，士兵都脫下盔甲，喬裝百姓，在門外打掃。不一會，司馬懿大軍果然來到。司馬懿看見城門大開，只有幾個百姓在掃地閒逛，內心充滿疑問：諸葛亮為人一向謹慎，如今城門大開，難道附近埋有伏兵？經過再三思量，司馬懿只好揮軍撤退。

如果不是諸葛亮臨危不亂，急中生智想出空城計，恐怕城中所有人，包括諸葛亮自己，早就成為魏軍的俘虜了。

文章理解

1. 試解釋以下文句中的粗體字，並把答案寫在橫線上。

    (i)　即了其**大指**。　　　　　　　　**大指**：＿＿＿＿＿＿＿

    (ii)　足跌**沒**水中。　　　　　　　　**沒**：＿＿＿＿＿＿＿

2. 試根據文意，把以下文句語譯為語體文。

    稍長，羣兒戲于庭，甚歡。

    ＿＿＿＿＿＿＿＿＿＿＿＿＿＿＿＿＿＿＿＿＿＿＿＿

3. 下列哪一項不是司馬光喜歡讀書的表現？

    ○ A. 經常不肯放下手中書本。

    ○ B. 專心得忘記肚餓、口渴。

    ○ C. 喜歡讀書至不跟其他人玩耍。

    ○ D. 給家人清楚講解《左氏春秋》。

4. 在第二段，為甚麼小孩會跌入水缸裏？

    ＿＿＿＿＿＿＿＿＿＿＿＿＿＿＿＿＿＿＿＿＿＿＿＿

5. 承上題，其他孩子和司馬光各自有甚麼反應？

    (i)　其他孩子：＿＿＿＿＿＿＿＿＿＿＿＿＿＿＿＿＿

    (ii)　司馬光：＿＿＿＿＿＿＿＿＿＿＿＿＿＿＿＿＿＿

6. 從司馬光救友一事，你得到了甚麼啟示？試抒己見。

    ＿＿＿＿＿＿＿＿＿＿＿＿＿＿＿＿＿＿＿＿＿＿＿＿

    ＿＿＿＿＿＿＿＿＿＿＿＿＿＿＿＿＿＿＿＿＿＿＿＿

9

胯下之辱

常常聽到長者說：「忍一時風平浪靜，退一步海闊天空。」此話說得非常正確。

韓信喜歡帶劍外出，卻永遠不出鞘，因而被人恥笑。有次，韓信被屠中少年挑釁：要他在自己褲襠下穿過。

韓信也不是甚麼無膽匪類，可是他選擇承受「胯（讀【跨】，指大腿之間）下之辱」，因為他知道：「忍一時」，可以讓局勢變回「風平浪靜」；「退一步」，可以為自己尋找「海闊天空」——成為劉邦的猛將。

原文 據西漢·司馬遷《史記·淮陰侯列傳》略作改寫

淮陰屠❶中少年有侮【武】信者，曰：「若❷雖長大，好帶刀劍，中情怯【歉】耳！」眾❸辱之曰：「信能死❹，則刺我；不能死，則出我袴❺【褲】下。」信孰❻【熟】視之，遂俯出袴下，蒲伏❼【匐】。一市人皆笑信，以為怯。

見「文言知識」

後信亡楚歸漢，未得知名，為連敖【熬】❽。坐法當斬，其輩十三人皆已斬，次至信，信乃仰視，適見滕公，曰：「上❾【尚】不欲就天下❿乎？何為❶斬壯士！」滕公奇其言，壯其貌，故釋之。後滕公言信於上，上拜❶以為治粟都尉❶。

注釋

❶ 屠：屠夫。

❷ 若：你。

❸ 眾：當眾。

❹ 能死：能夠不怕死。

❺ 袴：同「褲」。

❻ 孰：同「熟」，仔細。

❼ 蒲伏：全身趴下。

❽ 連敖：春秋時代 楚國官名。

❾ 上：皇帝，這裏指還未成為漢高祖的漢王劉邦。

❿ 就天下：這裏指「擁有天下」。

⓫ 拜：任命。

⓬ 治粟都尉：官職名稱，負責軍中的糧食。

文言知識

文 言 連 詞（一）

連詞，是用來連接複句裏前、後句子的詞語。本課先介紹因果複句和假設複句裏常見的連詞。

因果複句：表示事情的原因和結果。常見連詞有：因（解作「因為」）；而、因、故、是以（解作「因此」）。例如：

原文：臨 因 是 知名。（〈唐臨為官〉）

譯文：唐臨因為這件事而成名。

原文：故 染 不可 不慎 也。（〈染絲〉）

譯文：故此漂染絲綢是不可以不謹慎的。

假設複句：表示假設的情況和對應的結果。常見連詞有：如、若、苟、使、向使（解作「如果」）；則（解作「就」、「那麼」）。例如：

原文：鄉 使 聽 客 之言 。（〈曲突徙薪〉）

譯文：當初假使聽了那位客人的建議。

原文： 信能 死，則刺 我。（〈胯下之辱〉）

譯文：要是你能夠不怕死，就刺傷我。

韓信是劉邦的手下猛將。武藝非凡的他，刀劍自然隨身，可是卻從不出鞘。這不是因為韓信不敢，而是認為還不是時候。有次，一個年輕屠夫認為他是膽小鬼，要他從自己的褲襠（袴）下爬過。韓信認為還不是時候反撲，於是默默承受這胯下之辱。

後來，韓信離開項羽，投靠劉邦，當的卻還是「連敖」這個小官，唯有繼續等候時機。有次，韓信因犯事而將被處斬，他認為時機到了，於是質問劉邦的猛將滕公：既然劉邦想君臨天下，為甚麼還要處斬壯士？滕公認為韓信並非池中物，因此不但釋放了他，更把他推薦給劉邦，結果劉邦讓韓信當上軍中要職。

大家試想想，如果當時的韓信沉不住氣，會不會因為衝動刺傷屠夫而被捕？會不會因為與項羽衝突而被殺？會不會因為官職卑微而離開劉邦陣型，從此鬱鬱而終？

忍辱負重

越王勾踐年少氣盛，不聽謀臣諫言，妄自出兵，與吳王夫差爭霸，結果兵敗，幾乎滅國。兵敗後，勾踐到了吳國，當了足足三年的俘虜。

據《國語・越語》記載，勾踐「卑事夫差，宦士三百人于吳，其身為夫差前馬。」勾踐要替夫差養馬餵馬，還要除糞和打掃馬棚。夫差出遊打獵時，勾踐甚至要跪伏在馬下，讓吳王踩着他的背脊上馬。試問一國之君，可以忍受到如此侮辱嗎？

當然，夫差不是真的投降，而是忍辱負重，靜待時機，逐步取得夫差信任，繼而釋放自己回國，好重整旗鼓。

有時，有些人向我們百般挑釁，但只要抱着「忍一時風平浪靜，退一步海闊天空」的信念，相信最終自食其果的，一定是對方。

文章理解

1. 試解釋以下文句中的粗體字，並把答案寫在橫線上。

    (i)　**中情**怯耳！　　　　　　　　中情：＿＿＿＿＿＿＿

    (ii)　**一**市人皆笑信。　　　　　　一：＿＿＿＿＿＿＿

    (iii)　**坐**法當斬。　　　　　　　　坐：＿＿＿＿＿＿＿

2. 試根據文意，把以下文句語譯為語體文。

    滕公奇其言，壯其貌，故釋之。

    ＿＿＿＿＿＿＿＿＿＿＿＿＿＿＿＿＿＿＿＿＿＿＿＿＿＿＿＿＿＿

3. 年輕屠夫要求韓信做甚麼事情？

    (i)　＿＿＿＿＿＿＿＿＿＿＿＿＿＿＿＿＿＿＿＿＿＿＿＿＿＿；

    (ii)　＿＿＿＿＿＿＿＿＿＿＿＿＿＿＿＿＿＿＿＿＿＿＿＿＿＿。

4. 韓信跟滕公所說「上不欲就天下乎？何為斬壯士！」這句話，想暗示甚麼？

    ①自己可以取代劉邦。　　　②自己能夠輔助劉邦。

    ③自己就是一位壯士。　　　④自己根本是無辜的。

    ○ A. ①③　　　○ B. ①④　　　○ C. ②③　　　○ D. ②④

5. 韓信是怎樣應對年輕屠夫的？你認同他的做法嗎？為甚麼？

    ＿＿＿＿＿＿＿＿＿＿＿＿＿＿＿＿＿＿＿＿＿＿＿＿＿＿＿＿＿＿

    ＿＿＿＿＿＿＿＿＿＿＿＿＿＿＿＿＿＿＿＿＿＿＿＿＿＿＿＿＿＿

    ＿＿＿＿＿＿＿＿＿＿＿＿＿＿＿＿＿＿＿＿＿＿＿＿＿＿＿＿＿＿

第３章

王戎早慧

看道邊李樹多子折枝。諸兒競走取之。

唯<u>王戎</u>不動……人問之。

答曰：「……樹在道邊而多子，此必苦李。」

取之，信然。

慎行

魯定公問孔子：

「一言而興邦，一言而喪邦，是否真有其事？」

孔子認為君主的每句話都足以影響國家興亡，

因此君主要謹言慎行。

其實，要謹言慎行的，又豈止是君主？

農夫循序漸進，自然不會讓禾苗無辜枯死；

讀書人慎於交友，自然不會斷送自己的前途；

一般人適時說話，自然不會像蝦蟆那樣被忽視；

一般人獨立思考，自然不會「跟大隊」吃苦李。

本章的四個故事：

〈揠苗助長〉、〈染絲〉、〈多言益乎〉、〈王戎早慧〉，

將會從正面和反面，

印證謹言慎行對一個人是如何重要。

輕則吃下苦李、枯死禾苗，

重則更會斷送前途甚至性命。

10

揠苗助長

孔子的學生子夏，是莒父這個地方的長官。有一次，他請教孔子管治上的學問。孔子回答說：「無欲速。」意思是說：不要只求速度。

孔子繼續解釋說：「欲速，則不達。」孔子認為，為政者一旦只求速度，不求政策的質素，不但不會達到目的，更會出現反效果。有些為政者為了急於求成，於是將政策匆匆上馬，結果得出不倫不類的效果，最終要推倒重來，這不是費時失事嗎？

為政如是，做人處世、學習求知亦如是。現在就來看看宋國農夫「揠苗助長」的反面教材吧。

原文 據《孟子·公孫丑上》略作改動

宋人有閔❶【敏】其苗之不長而揠❷【壓】之者，芒芒然❸歸。謂其人❹曰：「今日病矣，予助苗長矣。」宋人之子趨❺【吹】而往視之，苗則槁【稿】矣。天下之不助苗長者寡矣！助之長者，非徒無益，而又害之。

見「文言知識」 *見「文言知識」*

注釋

❶ 閔：同「憫」，擔心。

❷ 揠：拔起。

❸ 芒芒然：疲累的樣子。

❹ 人：這裏指家人。

❺ 趨：快跑。

文言知識

虛詞「之」（一）

「之」是最常見的文言虛詞，有多個用法：

【一】用作結構助詞，相當於「的」，見於兩個名詞之間，表示事物的從屬關係。〈哀溺文序〉（見頁 018）有這句：

永州	之	氓
永州	的	百姓

⇨ 百姓（名詞）是屬於永州（名詞）的

本課課文也有這句：

宋人	之	子
宋國人	的	兒子

⇨ 兒子（名詞）是屬於那位宋國人（名詞）的

【二】用作人稱代詞，即「他、她、牠、它（們）」，一般見於動詞的後面，表示做某件事的對象。〈荀巨伯遠看友人疾〉（見頁 116）有這句：

不忍	委	之
不忍心	拋下	他（荀巨伯）

⇨ 「荀巨伯」是「委」（動詞）的對象

本課課文也有這句：

往	視	之
前往	視察	它們（禾苗）

⇨ 「禾苗」是「視」（動詞）的對象

「揠苗助長」這個故事出自《孟子·公孫丑上》。文章記述孟子與學生公孫丑的對話，期間孟子提到「浩然之氣」。

浩然之氣，是指正大剛直的精神，也就是所謂「正氣」。孟子認為浩然之氣是需要通過累積「義行」來培養，而不是單靠做一兩次好事就可以擁有的。為此，他舉出了「揠苗助長」的故事來說明：

宋國有個農夫擔心禾苗不能長高，於是自作聰明地拔起它們。看到禾苗都「長高」了，農夫便開開心心地回家，並跟兒子談起這件事。兒子心知不妙，於是跑往稻田，果然發現禾苗全部枯死了。

禾苗跟「浩然之氣」一樣，都是需要慢慢種植、培養的，因一時衝動而拔起禾苗，跟不顧後果地去做一些所謂「正義」之事，結果都是一樣——對禾苗、對自己不但沒有好處，反而會帶來傷害。

循序漸進

歐幾里得是古希臘數學家，擅長幾何學。他的著作《幾何原本》更成為了歐洲數學的基礎。歐幾里得非常著名，就連埃及的托勒密王朝的開國國王托勒密一世也拜他為師。有一次，托勒密一世問歐幾里得有沒有比閱讀《幾何原本》更簡單的方法去學習幾何。歐幾里得斷然地說：「幾何學無捷徑。」

戰國時，荀子在〈勸學〉一文裏提到學習知識的重要，同時也強調循序漸進、積少成多。他說：「不積跬步，無以至千里；不積小流，無以成江海。」可見，古今中外的學者都認同「循序漸進」的道理——學習是沒有捷徑的。

坊間流行許多速成班：寫作、英語、數學、圍棋……各種各樣，有的更聲稱一個月就可以提升寫作能力云云。可是事實上，世間真的有快捷的學習途徑嗎？

文章理解

1. 試解釋以下文句中的粗體字，並把答案寫在橫線上。

   (i) 芒芒然**歸**。 　　　　　　歸：＿＿＿＿＿＿＿

   (ii) 苗則**槁**矣。 　　　　　　槁：＿＿＿＿＿＿＿

2. 試根據文意，把以下文句語譯為語體文。

   今日病矣，予助苗長矣。

   ＿＿＿＿＿＿＿＿＿＿＿＿＿＿＿＿＿＿＿＿＿＿＿＿

3. 根據文章內容，宋人有甚麼擔憂？

   ○ A. 兒子不能長高。　　　　○ B. 禾苗不能長高。

   ○ C. 禾苗逐漸枯萎。　　　　○ D. 禾苗收成減少。

4. 承上題，宋人怎樣解決自己的憂慮？

   ＿＿＿＿＿＿＿＿＿＿＿＿＿＿＿＿＿＿＿＿＿＿＿＿

5. 對於宋人的行徑，孟子給予了甚麼評價？

   (i) ＿＿＿＿＿＿＿＿＿＿＿＿＿＿＿＿＿＿＿＿＿ ；

   (ii) ＿＿＿＿＿＿＿＿＿＿＿＿＿＿＿＿＿＿＿＿＿ 。

6. 你認為要怎樣做，才可以真正做到「助苗長」？

   ＿＿＿＿＿＿＿＿＿＿＿＿＿＿＿＿＿＿＿＿＿＿＿＿

   ＿＿＿＿＿＿＿＿＿＿＿＿＿＿＿＿＿＿＿＿＿＿＿＿

11

染絲

「近朱者赤，近墨者黑」這句諺語，告誡我們要謹慎結交朋友。其實，不只是一般人，國君亦如是，經常親近忠臣，自然會努力管治國家；相反，經常接近奸臣，就會使國家走向滅亡。

譬如齊桓公，他登位之初，接納了鮑叔牙的建議，任用具有治國才能的管仲為宰相，使齊國迅速強大，後來更成為「五霸」之首；然而，不幸的是，晚年的齊桓公卻親近了兩個小人，結果被軟禁宮中，最終飢寒交迫而死。到底是哪兩個小人令齊桓公不得善終？我們現在就看看〈染絲〉這篇文章。

原文 據戰國·墨翟《墨子·所染》略作改寫

　　子墨子❶見染絲者而歎，曰：「染於蒼❷則蒼，染於黃則黃，所入❸者變，<u>其</u>色亦變，五入必❹，而已❺則為五色矣，故染不可不慎也。」
見「文言知識」

　　非獨染絲然❻也，士❼亦有染。其友皆好仁義、淳謹畏令❽【純】，則家日益，身日安，名曰榮，其人則段干木、禽子、傳說❾【月】【圖】之徒是也；其友皆好矜奮❿【京】、創作比周⓫【避】，則家日損，身日危，名曰辱，其人則子西、易牙、豎刀⓬【亦】【恕】之徒是也。

注釋

❶ 子：對男子的尊稱，相當於「先生」。

❷ 蒼：青綠色。

❸ 入：放入。

❹ 必：通「畢」，完成。

❺ 而已：然後。

❻ 然：這樣。

❼ 士：這裏指知識分子。

❽ 畏令：這裏指遵從法令。

❾ 段干木、禽子、傅説：段干木，在成為魏文侯的老師前，曾多次拒絕魏文侯的厚禮。禽子，墨子的學生，曾阻止楚國進攻宋國。

傅説，曾是奴隸，後來得到商朝國君武丁的賞識，成為宰相。

❿ 矜奮：驕傲自滿。

⓫ 創作比周：建立朋黨，依附小人。

⓬ 子西、易牙、豎刀：子西，春秋時代的楚國軍官，因意圖謀反而被處死。易牙，齊桓公的親信，曾為討好齊桓公而謀殺親子。豎刀，也作豎刁，為了接近齊桓公而自閹為宦官。易牙和豎刀後來更把年老的齊桓公軟禁。

文言知識

虛詞「其」

「其」是常見的虛詞，可以用作人稱代詞或指示代詞。

(一) 作人稱代詞時，解作「他、她、牠、它（們）」。譬如：

原文： 國人信 其仁 。（〈孫叔敖殺兩頭蛇〉）

譯文： 百姓相信他為人仁厚。

(二) 也可以表示「他、她、牠、它（們）的」。譬如本課：

原文： 其 色 亦變 。（〈染絲〉）

譯文： 它（絲綢）的顏色也改變。

(三) 也可以用作指示代詞，相當於「這」或「那」。譬如：

原文： 其 夜陰 暝 。（〈責人當以其方〉）

譯文： 那一晚陰暗無光。

墨子起初學習儒家學說，後來不滿儒家思想，因而創立墨家，主張「兼愛」、「非攻」、「薄葬」等思想，與儒家對立。

譬如人性觀，儒家主張「人性本善」，墨家卻認為「人性無善惡」。為了強調這一點，墨子於是撰寫〈所染〉：先說明絲綢「染於蒼則蒼，染於黃則黃」，而且不能回頭，因此漂染絲綢要特別謹慎，藉此暗示人性是善是惡，都是受後天環境影響的。

墨子繼而把論點推演到政治上，說明天子、諸侯、大夫、士，都要謹慎交友。本課節錄了「士亦有染」一段：以清廉的段干木、正義的禽子、忍辱負重的傅說為良友例子，又以叛國的子西、殺子的易牙、自閹的豎刁為損友例子，印證朋友是善是惡，足以影響知識分子的家聲、地位、名譽，從而得出「交友應謹慎」的結論。

慎 於 交 友

春秋時，鮑叔牙跟管仲是好朋友。他們曾經合夥從商，當得到利潤時，管仲往往拿取大份的，鮑叔牙沒有怪責他，因為他知道管仲家貧。他們也曾經當兵，管仲往往臨陣退縮，鮑叔牙沒有恥笑他，因為他知道管仲家中有母親要照顧。

後來，鮑叔牙和管仲分別為兩位齊國公子——小白和糾效力。小白和糾是政敵，後來小白勝利，成為了齊桓公，鮑叔牙自然可以晉升為宰相。可是鮑叔牙卻偏偏把敵方陣型的管仲推薦給齊桓公，原因很簡單，就是管仲具有治國之才。最終管仲成為宰相，而鮑叔牙亦漸漸退出歷史舞臺了。

管仲之所以可以位極人臣，除了自身的才能，更有賴鮑叔牙這位好朋友當年的舉薦。如果不是認識了鮑叔牙這位良友，管仲也許已經成為俘虜。因此，管仲這樣說：「生我者父母，知我者鮑叔也！」（見《史記·管晏列傳》）

文章理解

1. 試解釋以下文句中「其」字的意思，並把答案寫在橫線上。

   (i)　**其**友皆好仁義。　＿＿＿＿＿＿＿＿

   (ii)　**其**人則段干木、禽子、傅說之徒是也。　＿＿＿＿＿＿＿＿

2. 試根據文意，把以下文句語譯為語體文。

   非獨染絲然也，士亦有染。

   ＿＿＿＿＿＿＿＿＿＿＿＿＿＿＿＿＿＿＿＿＿＿＿＿

3. 為甚麼墨子説染絲「不可不慎」？

   ＿＿＿＿＿＿＿＿＿＿＿＿＿＿＿＿＿＿＿＿＿＿＿＿

   ＿＿＿＿＿＿＿＿＿＿＿＿＿＿＿＿＿＿＿＿＿＿＿＿

4. 根據課文第二段內容，運用自己的文字，填寫下列表格。

結交	特點	結果
良友	喜歡仁愛正義，淳樸謹慎，遵從法令。	①
損友	②	家聲日漸衰落，地位日漸不穩，名譽日漸受損。

5. 本文運用了哪些手法來説明道理？

   ①比喻論證　　　　　　②對比論證

   ③引用論證　　　　　　④舉例論證

   ○ A. ①②④　　　　　　○ B. ①③④

   ○ C. ②③④　　　　　　○ D. 以上皆是

多言益乎

　　我們有一句話，叫做「人多好辦事」，不過，同時也有一句話，叫做「人多手腳亂」。事情做得成功與否，不在乎人數是多是少：人太少，固然不能成事；人太多，一樣會影響效率。

　　同樣道理，一個人的成功，不在於說話多與少，而在於說話內容，還有說的時機。君不見現在有許多網絡紅人，為了增加點擊率，三不五時就會發表一些驚為天人的言論，結果引起熱議，甚至惹來網民負評？

　　其實，早在兩千多年前，<u>墨子</u>就知道「多言多敗」的道理，他更舉出不同動物作為佐證，來警惕他的學生。

原文 據清．孫詒讓《墨子後語》略作改寫

　　<u>禽子</u>【琴】問曰：「多言有益乎？」<u>墨子</u>曰：「蛤蟆【霤麻】❶、蛙、蠅【營】，日夜恆鳴矣【見「文言知識」】，口乾舌敝【弊】，然而人不聽歟【見「文言知識」】！今觀晨雞，以時❷而鳴，天下振動哉！多言何益？唯❸其言之時也。」

注釋

❶ 蛤蟆：類似蟾蜍的一種動物，鳴叫時作嘓嘓聲。

❷ 以時：根據適合的時間。

❸ 唯：只有。

文言知識

語　氣　助　詞　（一）

　　語氣助詞，一般見於句子末尾，能表達不同的語氣。這課先講解表達判斷、肯定及感歎語氣的文言語氣助詞。

　　【一】表達肯定和判斷的語氣，一般見於陳述句。例子有：耳、爾、矣，意思相當於「了」；還有：也、然、焉（讀【言】），一般不用語譯出來。例如：

　　原文：日　夜　恆　鳴　矣。（〈多言益乎〉）

　　譯文：日日夜夜經常鳴叫了。

　　原文：言　語　，　　竊　鈇　也。（〈人有亡鈇者〉）

　　譯文：言談說話，好像偷了斧頭　。

　　【二】表達感歎的語氣，一般見於感歎句。例子有：夫（讀【符】）、乎、為（讀【圍】）、焉、也、矣、歟、與（讀【如】）、哉等等，相當於「呢」、「啊」、「呀」。例如：

　　原文：人　　不　聽　歟！（〈多言益乎〉）

　　譯文：人們依然不會細聽呢！

　　原文：當　以其　方　也！（〈責人當以其方〉）

　　譯文：應當有充分的理由啊！

除了「兼愛」、「非攻」、「薄葬」等思想，其實墨子也曾探討過力學、幾何、光學等科學理論，只是被後世所傳頌的不多。

直到清朝後期，學者孫詒讓深感國家如果再不發展科學，從積弱中自強，便會為列強所滅，故此花了畢生的心血研究墨家思想，並寫成了《墨子後語》，而本課〈多言益乎〉即出自此書。

課文中的禽子，原名禽滑釐（讀【琴骨離】），是墨子的弟子。他問到「多說話是否有好處」，墨子隨即以蛤蟆、青蛙和蒼蠅為例：牠們日夜不停鳴叫，可是人類始終沒有理會牠們；相反，晨雞每天只按時啼叫一次，卻足以叫醒天下人，可見說話有益與否，正是「重質不重量」。

謹 言 慎 行

春秋後期的齊國宰相晏子，口才了得。不過，平時的他卻是謹言慎行，絕不隨便炫耀自己的辯才，就連他家車夫的妻子也稱讚他「志念深矣，常有以自下者」。（見《晏子春秋》）

正因為晏子平時不多說話，因此許多人都想乘機作弄他，然而他一說話，卻足以讓對方語塞。有次，晏子出使楚國，楚靈王故意在宴會上，命人帶來一個聲稱是齊國人的盜竊犯，並乘機羞辱晏嬰說：「齊國人是否生來就喜歡偷竊？」

晏子想了一下就回答說：「淮河南岸的橘子稱為『橘』，北岸的稱為『枳』（讀【子】），它們外形相似，可是味道卻不同，那是因為生長環境改變了。同樣道理，這個齊國人在我國沒有犯盜竊罪，來到貴國後就偷竊，難道是貴國的環境使他這樣？」

晏子只需短短幾句，就把楚王揶揄得體無完膚。楚王唯有打圓場說：「優秀的人是不能跟他開玩笑的！」足見在適當時候說適當的話，是十分重要的。

文章理解

1. 試解釋以下文句中的粗體字，並把答案寫在橫線上。

(i) **然而**人不聽歟！　　　　然而：＿＿＿＿＿＿＿

(ii) 口乾舌**敝**。　　　　　　　敝：＿＿＿＿＿＿＿

(iii) 天下振動**哉**！　　　　　　哉：＿＿＿＿＿＿＿

2. 試根據文意，把以下文句語譯為語體文。

多言有益乎？

＿＿＿＿＿＿＿＿＿＿＿＿＿＿＿＿＿＿＿＿＿＿＿＿＿＿

3. 根據文章內容，填寫下列表格。

	正面	反面
例子	公雞	①
行動	②	日日夜夜經常鳴叫
結果	③	④

4. 承上題，墨子得出怎樣的結論？請引用原文，並略作解釋。

(i) 原文：

(ii) 解釋：＿＿＿＿＿＿＿＿＿＿＿＿＿＿＿＿＿＿＿＿＿＿

5. 總括全文，墨子在回應禽子時，並沒有運用哪種論證方法？

　○ A. 比喻論證　　　　○ B. 引用論證

　○ C. 對比論證　　　　○ D. 舉例論證

王戎早慧

　　羊羣效應，也叫做「從眾效應」，是指部分人受到多數人的一致思想或行動所影響，因而盲目跟從大眾的做法。

　　譬如說，2011 年日本發生大地震後，福島第一核電站發生核輻射泄漏事故。不久，多處地方傳出流言，聲稱鹽中的「碘」能夠抵禦輻射的侵害。這種說法一傳十，十傳百，結果在地震後不足一個星期，就有大批民眾搶購食鹽，甚至有炒賣的情況。

　　這「一傳十，十傳百」的影響，就是剛才所說的羊羣效應：不少人只聽信坊間的流言，卻從沒有用心思考，去考證流言的真偽，結果成為了國際大笑話。

　　現在有一道處境題：路邊有一棵長滿李子的樹，你會爬上樹採摘來吃嗎？吃，還是不吃？這是個好問題！不如先聽聽王戎的意見吧！

原文　據南朝・宋・劉義慶《世說新語・雅量》略作改寫

　　王戎七歲，嘗與諸[容]❶小兒遊。看道邊李樹多子折❷枝。諸兒競❸走取之，唯戎不動，曰：「勿[見「文言知識」]歟！」人問之，答曰：「惟人情耳。樹在道邊而多子，此必苦李。」取之，信然。

注釋

❶ 諸：一眾。

❷ 折：折斷。

❸ 競：爭相。

文言知識

語 氣 助 詞 （ 二 ）

這課講解表達祈使和限制語氣的文言語氣助詞。

──────────────────────────

【一】表達祈使語氣，一般見於表示勸告和勸阻的祈使句。例子有：乎、也、矣、歟、與（讀【如】），意思相當於「吧」、「了」、「啊」，有時甚至不用語譯。例如：

原文：歸　與！歸　與！（《論語‧公冶長》）

譯文：回去吧！回去吧！

原文：愿　王　　察　之　　矣。（〈三人成虎〉）

譯文：希望大王能看清楚這事實　　。

──────────────────────────

【二】表達限制語氣，也就是「只有這個」、「只是這樣」的意思，例子有：耳、爾，相當於「而已」、「罷了」。例如：

原文：惟　手熟　　爾　。（〈賣油翁〉）

譯文：只是熟能生巧罷了。

原文：天　，　　積　　氣　耳　。（〈杞人憂天〉）

譯文：天空，只是堆積的空氣而已。

王戎七歲時，跟其他孩子在路邊發現一棵李樹，樹上的李子長得密密麻麻，幾乎把樹枝折斷。大家都爭相爬樹摘來吃，唯獨王戎沒有行動，甚至還勸阻大家。他說：「李樹長在路邊，竟然還有這麼多李子，那麼李子一定是苦的。」言下之意是：李子是甜的話，早就被人摘清光了。大家於是摘來嘗嘗，果然一點都不假。

王戎年紀小小，就懂得推敲、分析，難怪後人對他有「幼而穎悟」（見《晉書‧王戎傳》）的讚譽。不過，這也造就了他日後機關算盡的性格。同樣出自《世說新語》，有另一個關於他和李子的故事：王戎家中有很好的李子，他想拿去賣，卻又擔心別人得到種子後自行種植，不再光顧自己，於是事先把果核鑽破。

是善於推敲，還是機關算盡？一念天堂，一念地獄。

獨　立　思　考

有一次，公都子問老師孟子：「大家都是人，為甚麼有些人會成為君子，有些人會成為小人？」孟子回答說：「因為君子會注重身體的重要部位，小人只會注重身體的次要部位。」

甚麼是重要部位、次要部位？公都子聽得一頭霧水。孟子於是解釋說：「眼睛、耳朵就是次要器官，它們不會思考，因此容易被外來的事物蒙蔽。小人單靠眼睛所見、耳朵所聽來判斷是非，就容易迷途，因而成為小人。相反，『心』這個器官具有思考能力，人一思考就會有所得着，不思考就一無所有。君子能夠『用心』思考，明辨是非，因而就成為君子了。」

電視劇也有這樣的對白：「耳聽三分假，眼見未為真！」的確，只靠眼睛和耳朵取得訊息，卻不加考證，不用心思考，這是非常危險的。

文章理解

1. 試解釋以下文句中的粗體字，並把答案寫在橫線上。

   (i) 看道邊李樹多**子**折枝。　　　　　　子：_____

   (ii) 取之，**信**然。　　　　　　　　　　信：_____

2. 試根據文意，把以下文句語譯為語體文。

   惟人情耳。　_____

3. 文章中的李樹是怎樣的？(答案可以多選)

   ○ A. 長了許多李子。　　　　○ B. 長得非常高大。

   ○ C. 長在道路旁邊。　　　　○ D. 李子壓斷樹枝。

   ○ E. 李子又圓又大。　　　　○ F. 李子都是苦的。

4. 當看到其他孩子爭相摘取李子，<u>王戎</u>有甚麼反應？請用自己的文字回答。

   (i) 行動：_____

   (ii) 說話：_____

5. 根據文章內容，判斷以下陳述。

	正確	錯誤	無從判斷
(i) <u>王戎</u>認為其他小孩子不懂推敲。	○	○	○
(ii) 因為很久沒有人摘李子，所以李子變苦。	○	○	○

6. 綜合全文，你認為<u>王戎</u>是個怎樣的人？試舉一例說明。

   _____

   _____

第4章

曲突徙薪

客見其灶直突，傍有積薪。

客謂主人：「更為曲突，遠徙其薪，不者且有火患。」

主人嘿然不應。

俄而家果失火。

遠慮

孔子說過：「人無遠慮，必有近憂。」

人沒有長遠的考慮，各種問題必定會在眼前出現。

不早點弄彎煙囱、搬走柴枝，火勢必定擴大；

不提早種植樹木，自然要掏腰包購買木材；

不盡早求醫，疾病肯定深入骨髓，返魂乏術。

故此，我們應該早日為自己訂下人生規劃，

這樣既可以有目標地向前努力邁進，

也可以避免因出現突發事件而不知所措。

本章的四個故事：〈曲突徙薪〉、〈樊重種樹〉、

〈扁鵲見蔡桓公〉、〈李惠杖審羊皮〉，

將會跟大家說說怎樣為自己、為別人，

想遠一點、想多一點；

防患於未然，或計劃於將來。

14

曲突徙薪

煙囪效應，是指室內空氣會沿着煙囪上升或下降，造成空氣加強對流的現象：當火爐運作時，產生的熱空氣會沿着煙囪上升，因而造成強大氣流，令火爐的火燒得更猛烈。如果煙囪附近發生火警，煙囪效應將會導致火勢加劇。

古代還沒有「煙囪效應」這個詞彙，可是早已有人發現當中原理，那就是本文〈曲突徙薪〉中的客人。他探訪主人時，早已看出端倪，因而勸告主人要小心防火。不過主人卻沒有危機意識，最終果然釀成火警。

原文 據東漢·班固《漢書·霍光金日磾傳》略作改寫

客有過❶主人者，見其灶❷直突❸【zou3】，傍【旁】有積薪，客謂主人：「更【羹】為曲突，遠徙其薪，不者且有火患。」主人嘿❹【默】然不應。 見「文言知識」

俄而❺家果失火，鄰里共救之，幸而得息。於是殺牛置酒❻，謝其鄰人，灼爛者在於上行❼【爵】【杭】，餘各以功次坐，而不錄❽言曲突見「文言知識」者。人謂主人曰：「鄉❾【鄉】使聽客之言，不費牛酒，終亡【無】火患。今論❿功而請賓，『曲突徙薪亡恩澤，燋【焦】頭爛額為上客』耶？」主人乃寤【誤】而請之。

注釋

① 過：拜訪。

② 灶：火爐。

③ 突：煙囪。

④ 嘿：通「默」，沉默。

⑤ 俄而：不久。

⑥ 置酒：置辦酒席。

⑦ 上行：貴賓席。上，尊貴；行，座席。

⑧ 錄：邀請。

⑨ 鄉：通「向」，當初、之前。

⑩ 論：根據。

文言知識

「通假字」和「古今字」

通假，是指在特定情況下，基於讀音相同或相近，乙字被借用作原來的甲字，互相通用。原來的甲字叫「本字」，借來的乙字是「通假字」，彼此在意義上毫無關聯。例如：

【一】課文第二段「鄉使聽客之言」中的「鄉」本來解作鄉村，這裏卻與「向」相通，解作「以前」、「當初」，這是因為兩個字的讀音相近，在意義上卻是毫無關聯的。「向」在這裏是本字，「鄉」就是通假字。

【二】〈蘇秦刺股〉（見頁 036）裏有「狀有歸色」一句，當中「歸」不是解作「歸去」，而是「愧」的通假字，解作「慚愧」，這亦是因為兩個字的讀音相近。

至於古今字，是指某個字（古字）使用了一段時間後，人們另創新字（今字）來取代它，古字和今字在指定字義上是通用的。

第一段「嘿然不應」中的「嘿」本來讀【默】，解作「沉默」。後來，「嘿」改讀【希】，用作歎詞，人們於是另創「默」字來代替，表示原有的字義。在這裏，「嘿」是古字，「默」是今字。

〈曲突徙薪〉講述有客人向主人提出預防火災的方法，主人卻沒有照做，結果真的發生火災，幸好得到鄰居幫助才救熄。主人於是邀請他們出席宴會，卻沒有邀請當初勸告自己「曲突徙薪」的客人。有人看不過眼，責備主人忘恩負義，主人因而醒悟過來，馬上邀請那位客人赴宴。

「防患未然」固然是這個故事帶出的道理，可是「感恩圖報」卻是故事背後更重要的啟示。

〈曲突徙薪〉出自《漢書・霍光金日磾傳》，當中記載外戚霍氏一家在朝中作威作福，徐福曾多次上書漢宣帝，提醒他加以防範，宣帝卻置之不理。不料霍氏後來真的造反，幸而宣帝及時剷除。事後，宣帝一律獎賞曾告發霍氏的人，唯獨徐福未有受封。於是有人用「曲突徙薪」的故事來諷喻宣帝要感恩圖報。宣帝聽後自知不是，於是馬上賞賜徐福，更任他為官。

防 患 未 然

說起「煙囪效應」，就不得不提 1996 年 11 月 20 日在佐敦發生的「嘉利大廈大火」。當日該大廈的電梯槽正進行維修工程，下午 4 時 47 分，位處十一樓的電梯槽因燒焊而造成火屑，跌落並燃燒二樓電梯槽內的木板雜物，因而冒煙。由於煙囪效應，半小時後，大廈已經燒出明火；三個小時後，大火進一步升為五級。事件最終造成四十一人死亡、八十人受傷。

事後政府調查發現，電梯更換工程固然是釀成這次災難的主因，可是大廈內消防設備不足、有部分租戶擅自更改消防設備等，都是造成大量市民傷亡的原因。如果大廈管理層能夠防患未然，知道煙囪效應的危險性，同時加強巡查違反消防規例的租戶，相信這場嚴重的火災，是可以避免的。

文章理解

1. 試解釋以下文句中的粗體字，並把答案寫在橫線上。

   (i) 終**亡**火患。 　　　　　　　　　　亡：＿＿＿＿＿＿

   (ii) 主人乃**寤**而請之。 　　　　　　　寤：＿＿＿＿＿＿

2. 試根據文意，把以下文句語譯為語體文。

   鄰里共救之，幸而得息。 ＿＿＿＿＿＿＿＿＿＿＿＿

3. 客人發現主人的煙囪出現了甚麼問題？他勸告主人怎樣做？

   (i) 問題：＿＿＿＿＿＿＿＿＿＿＿＿＿＿＿＿

   (ii) 勸告：＿＿＿＿＿＿＿＿＿＿＿＿＿＿＿＿

4. 下列哪一項不是主人為感激幫忙救火的人而做的事情？

   ○ A. 宰殺牛隻，置辦酒席。

   ○ B. 邀請曾幫忙救火的人赴宴。

   ○ C. 邀請曾勸告自己的客人出席。

   ○ D. 在救火時受傷的人被安排到貴賓席。

5. 有人不滿主人沒有邀請曾經勸告他的客人，他怎樣責備主人？請摘錄原文句子，並略作説明。

   (i) 原文：＿＿＿＿＿＿＿＿＿，＿＿＿＿＿＿＿＿＿

   (ii) 説明：＿＿＿＿＿＿＿＿＿＿＿＿＿＿＿＿

   ＿＿＿＿＿＿＿＿＿＿＿＿＿＿＿＿＿＿＿＿＿＿＿

6. 除了「防患未然」，這個故事還帶出了甚麼道理？

   ＿＿＿＿＿＿＿＿＿＿＿＿＿＿＿＿＿＿＿＿＿＿＿

   ＿＿＿＿＿＿＿＿＿＿＿＿＿＿＿＿＿＿＿＿＿＿＿

15 樊重種樹

眾所周知，香港過於依賴金融、地產行業，卻長期忽視工業、農業發展。試想想：來自外地的食物、物資供應鏈一旦中斷，那麼市民的生活將會受到怎樣的影響？

東漢時的樊重不是香港人，可是由於出身農家，他早就明白這一點：如果家中器物全都依賴商店供應，那麼一旦供應鏈斷絕，是非常不便的。因此，樊重從源頭入手，親自種樹，待樹木長成後，製成木器自用。即使面對旁人的冷嘲熱諷，他都一概不理，因為他深信，未雨綢繆總是勝過臨渴掘井的。

原文 據北魏·賈思勰《齊民要術·自序》略作改寫

樊重，字君雲，世善農稼【稼】。欲作器物，先種梓、漆❶【七】。時人悉嗤❷之，曰：「子老矣，俟❸日後作器，何及？」重嘿❹然不應。然積以歲月，梓、漆皆【見「文言知識」】得其用，向❹之笑者，咸求假焉【言】。此種殖❺之不可已已❻也。

諺【現】曰：「一年之計，莫如❼樹穀；十年之計，莫如樹木。」此之謂❽也。

注釋

❶ 梓、漆：樹木名稱。梓樹的木材可用來建屋及製作器皿；而把漆樹樹皮剝開，就能取出汁液，製成塗料。

❷ 嗤：譏笑。

❸ 俟：等待。

❹ 向：昔日。

❺ 種殖：耕種、繁殖，泛指耕作。

❻ 已已：停止。這裏把「已」重疊使用，純粹為了加強語氣。

❼ 莫如：不如、比不上，在這裏可以理解為「最好是」。

❽ 謂：道理。

文言知識

表 示 「 全 部 」 的 副 詞

表示「全部」的副詞，就是用來說明句子所提及的事物沒有遺漏，例子有：皆、咸（讀【鹹】）、悉（讀【色】）、舉、盡、俱（具）等，解作「都」、「全都」。

本課課文有「皆得其用」一句，意指「梓樹和漆樹都得到它們的用處」。當中的「皆」就是「表示全部」的副詞，所指的是樊重種植的所有梓樹和漆樹。

〈哀溺文序〉（見頁 018）開首有這一句：「永之氓咸善游。」當中的「咸」就是「都」，所指的就是永州的百姓，無一遺漏。句子的意思就是：「永州的百姓都擅長游泳。」

〈荀巨伯遠看友人疾〉（見頁 116）有這一句：「一郡盡空。」當中的「盡」就是「都」，所指的是整座郡城的百姓，無一遺漏。句子的意思就是：「整座郡城的人都走光了。」

那麼大家知道課文裏的「悉」和「咸」應該怎樣語譯嗎？

《齊民要術》是中國保存得最完整的一部記錄古代農牧情況的鉅著。齊民，就是百姓；要術，就是謀生方法，《齊民要術》正正記錄了北朝耕作、種樹、畜牧、釀造等百姓賴以為生的方法。

課文〈樊重種樹〉節錄自全書的序言，提醒農耕者必須具備遠大目光，要有未雨綢繆的想法，並以樊重作為人物例子。

樊重，是漢光武帝的外公，擅長務農和貿易。文章記述樊重打算製作器皿，卻是先種植梓樹與漆樹，因而被人嘲笑。他們認為樊重種得樹來，也已經時日無多。然而，樊重最終種成樹木，更製成大量器皿，昔日嘲笑他的人都反過來向他借用這些器皿。

文末引用了「一年之計，莫如樹穀；十年之計，莫如樹木」的諺語，提醒讀者要有遠見，為生活作長遠計劃。

談美德

未 雨 綢 繆

文章第二段「一年之計，莫如樹穀」的諺語，實際上出自《管子》的〈權修〉篇。

文章認為「凡牧民者（也就是統治者），使士無邪行，女無淫事。」要做到這樣，就需要「教訓」——也就是教育。如果教育辦得妥當，那麼「教訓成俗，而刑罰省」，某程度上可以防止罪惡發生。

故此，文章以植樹為喻：「一年之計，莫如樹穀；十年之計，莫如樹木；終身之計，莫如樹人。」樹人，就是辦教育，培養人才，為一個人、甚至是一個地方的未來鋪路。

古代教育以傳授知識為主導，這是無可厚非的事；可是如果今天的教育仍然走以前的舊路，忽略培養學生的思考能力和遠大目光，那麼還可以為這個城市未雨綢繆嗎？

文章理解

1. 試解釋以下文句中的粗體字,並把答案寫在橫線上。

(i) 世善農**稼**。 　　　　　　　稼:＿＿＿＿＿＿＿＿

(ii) 俟日後作器,何**及**? 　　　　　及:＿＿＿＿＿＿＿＿

(iii) 重**嘿**然不應。 　　　　　　　嘿:＿＿＿＿＿＿＿＿

2. 試根據文意,把以下文句語譯為語體文。

時人悉嗤之。＿＿＿＿＿＿＿＿＿＿＿＿＿＿＿＿

3. 樊重種植梓樹和漆樹,是為了＿＿＿＿＿＿＿＿＿＿＿＿。

4. 人們要嘲笑樊重,是因為他們

○ A. 認為樊重不夠聰明。

○ B. 認為樊重種錯了植物。

○ C. 認為樊重不懂得製作器皿。

○ D. 認為樊重等不及樹木長成。

5. 樊重堅持自己的想法,最後結果如何?

(i) 樊重:＿＿＿＿＿＿＿＿＿＿＿＿＿＿

(ii) 別人:＿＿＿＿＿＿＿＿＿＿＿＿＿＿

6. 根據本文,「一年」和「十年」的計劃最好做甚麼?

＿＿＿＿＿＿＿＿＿＿＿＿＿＿＿＿＿＿＿＿＿＿＿

＿＿＿＿＿＿＿＿＿＿＿＿＿＿＿＿＿＿＿＿＿＿＿

7. 承上題,文章引用這則諺語想帶出甚麼道理?

＿＿＿＿＿＿＿＿＿＿＿＿＿＿＿＿＿＿＿＿＿＿＿

＿＿＿＿＿＿＿＿＿＿＿＿＿＿＿＿＿＿＿＿＿＿＿

16

扁鵲見蔡桓公

　　身體，是我們的朋友。當我們的身體出現問題時，不同的器官都會作出溫馨提示——出現一系列病癥。可是，我們如果置之不理，這些「提示」會升級慢慢為「警報」，再升級為「災難」，如果到時才去正視，就已經病入膏肓，為時已晚了。

原文 據戰國・韓非《韓非子・喻老》略作改寫

　　扁鵲【雀】見蔡桓公❶，立有間【援】，扁鵲曰：「君有疾在腠理【諫】❷，不治將恐深。」桓侯曰：「寡人無疾。」扁鵲出，桓侯曰：「醫之好治不病❸【臭】以為功【耗】。」居十日，扁鵲復見曰：「君之病在肌膚❹，不治將益深。」桓侯不應。扁鵲出，桓侯又不悅。居十日，扁鵲復見曰：「君之病在腸胃，不治將益深。」桓侯又不應。扁鵲出，桓侯又不悅。居十日，扁鵲望桓侯而還走【旋】。

　　桓侯故使人問之，扁鵲曰：「疾在腠理，湯熨【燙屈】之所及也；在肌膚，鍼石【針】❻之所及也；在腸胃，火齊【滯】❼之所及也；在骨髓❽，司命❾之所屬，無奈何❿也。今在骨髓，臣是以無所治矣。」居五日，桓公體痛，使人索扁鵲，已逃秦矣，桓侯遂死。

見「文言知識」所及

注釋

❶ 蔡桓公：同後文「桓侯」一樣，實際上都是指齊國的田齊桓公。

❷ 腠理：皮膚間的紋理。

❸ 不病：這裏指「沒有生病的人」。

❹ 肌膚：這裏指肌肉。

❺ 湯熨：中醫治療方法，相當於今天的熱敷。

❻ 鍼石：同「針石」，是指中醫針灸用的金屬針和石針。

❼ 火齊：一種降火、治療腸胃的湯藥。

❽ 骨髓：骨頭內部的柔軟物質。

❾ 司命：掌管凡人性命的神。

❿ 奈何：這裏解作「應付」。

文言知識

虛詞「所」

　　虛詞「所」可以用作代詞，當與後面的動詞結合時，一般帶有「……的人／物件／方法」的意思。

　　例如課文第二段中「湯熨之所及也」一句，「及」是動詞，解作「達到」。當代詞「所」與動詞「及」結合時，就是解作「達到的地方」。「湯熨之所及也」就是指「熱敷的藥力達到的地方」。

　　有時，我們會遇上「有所」、「無所」這兩個短語。當與後面的動詞結合時，「有所」就是解作「有……的人／物件／方法」；相反，「無所」就是解作「沒有……的人／物件／方法」。

　　譬如〈唐臨為官〉（見頁 128）中有「若有所疑」一句，當中「疑」是動詞，解作「疑慮」；「有所疑」就是「有疑慮的地方」。

　　扁鵲與華佗、張仲景、李時珍齊名，被譽為「四大名醫」。扁鵲一生到過虢（讀【隙】）、趙、魏、齊、秦等國，為不同人的治病。課文所記的，就是扁鵲為田齊桓公看診的經過。

　　扁鵲只是站在桓公旁邊一會，就看出他患病，因而勸告他盡快治理，桓公卻認為扁鵲説謊而拒絕治療。不久，桓公的病從皮膚逐漸深入到肌肉、腸胃，但即使扁鵲多番勸告，桓公卻依然故我。

　　直到桓公的病深入到骨髓，扁鵲知道無藥可救，就索性不再給予勸告。果然，桓公不久便感到全身發痛，此時才將扁鵲的勸告放在心上，於是命人找回扁鵲，可是已經返魂乏術，最終一命嗚呼。

　　患上疾病，我們固然要及早求醫；而當遇上困難或犯了錯誤時，我們何嘗不是也要馬上解決、改正？

防 微 杜 漸

　　身體有病癥，固然要及早求醫；一個機構、一個地方一旦出現病癥，同樣要「防微杜漸」。成語「防微杜漸」就是出自《後漢書·丁鴻傳》裏皇帝防範外戚專權的故事。

　　東漢是外戚專權特別厲害的一朝。由於前朝皇帝早崩，新帝年幼登基，只好由母后臨朝聽政，結果導致外戚勢力日益膨脹。譬如和帝，他十歲登基，要由竇太后垂簾聽政，舅舅竇憲身居大將軍，竇家兄弟皆為大官，掌握軍政大權，驕橫跋扈。

　　當時任職司徒的丁鴻眼見朝綱日漸腐敗，幸而和帝已經長大，漸握大權，他於是借日蝕為由，上書和帝，請他「敕政責躬，杜漸防萌」，剷除竇氏一家，避免國家被蠶食。

　　和帝也認為趁自己還未被竇家完全控制，應該先發制人，於是決意將竇氏一網打盡。最終，竇憲一眾兄弟只得自殺謝罪。足見不論在哪裏，「防微杜漸」都是非常重要的事情。

文章理解

1. 試解釋以下文句中的粗體字，並把答案寫在橫線上。

(i) 立**有間**。 有間：＿＿＿＿＿＿

(ii) **居**十日。 居：＿＿＿＿＿＿

(iii) 扁鵲望桓侯而**還走**。 還：＿＿＿＿＿＿

2. 試根據文意，把以下文句語譯為語體文。

在骨髓，司命之所屬。

＿＿＿＿＿＿＿＿＿＿＿＿＿＿＿＿＿＿＿＿＿＿＿＿

3. 起初，田齊桓公給扁鵲怎樣的評價？

＿＿＿＿＿＿＿＿＿＿＿＿＿＿＿＿＿＿＿＿＿＿＿＿

4. 試根據文章內容，用自己的文字完成下表。

疾病所處位置	治療方法
①	熱敷
肌肉	②
腸胃	③
④	⑤

5. 對於田齊桓公的病已經深入骨髓，扁鵲有甚麼回應？

＿＿＿＿＿＿＿＿＿＿＿＿＿＿＿＿＿＿＿＿＿＿＿＿

6. 請用五個字總結本文所帶出的道理。

17

李惠杖審羊皮

　　英語有一句「two sides of the same coin」，即凡事皆有兩面之意。一個硬幣再小，尚且有正反兩面，何況是更為複雜的事物？

　　懂得多元思考的人，能夠從不同角度推敲事情，自然不會被表象所蒙蔽，李惠就是當中一例。為了審理一宗無頭公案，<u>李惠</u>拷打羊皮，最終找到說謊的犯人。也許承傳了這麼優秀的基因，<u>李惠</u>女兒思皇后所生的兒子<u>拓跋宏</u>，日後登基為<u>孝文帝</u>後，就懂得換轉思考角度，推行漢化改革，讓<u>北魏</u>搖身一變，成為文明大國，<u>孝文帝</u>更成為<u>北朝</u>期間最偉大的君主。

原文　據<u>北齊</u>‧<u>魏收</u>《魏書‧外戚列傳》略作改寫

　　<u>李惠</u>，思皇后之父也，<ruby>長<rt>掌</rt></ruby>於思察，為<u>雍州</u>[1]<ruby>刺史<rt>翁</rt></ruby>[2]。

　　人有負鹽、負薪者，同釋重擔，息於樹<ruby>陰<rt>蔭</rt></ruby>[3]。二人將行，爭一羊皮，各言<ruby>藉<rt>借</rt></ruby>[4]背之物。

　　<u>惠</u><ruby>遣<rt>顯</rt></ruby>爭者出，顧謂州綱紀[5]曰：「此羊皮可拷知主乎？」羣下以為戲言，咸無答者。<u>惠</u>令人 置羊皮【於】蓆上，杖[6]擊之，見少鹽<ruby>屑<rt>薛</rt></ruby>，曰：「得其實矣。」使爭者視之，負薪者乃伏而就罪[7]。由是吏民莫敢欺犯。

見「文言知識」

注釋

❶ 雍州：地名，在今日陝西、甘肅及青海一帶。

❷ 刺史：官職名稱，本是負責監察一州的官員，後來成為州的長官。

❸ 樹陰：樹蔭。

❹ 藉：鋪墊、墊着。

❺ 綱紀：官職名稱，負責州的文書工作。

❻ 杖：棍子。

❼ 就罪：認罪。

文言知識

介 詞 省 略

　　介詞，一般與名詞或代詞結合，表達事情的地點、方法、依據。課文第二段「於樹陰」中的「於」是介詞，表示位置，相當於「在」。「於樹陰」就是「在樹蔭下」。

　　介詞省略，就是指文言文中的介詞被省略了。例如課文第三段這一句：

原句：　置羊皮 【於】 蓆上 ⇨ 省略：　置羊皮 蓆上

　　這句原作「置羊皮【於】蓆上」，為了使行文更緊湊，句子於是省略了表示位置的介詞「於」，寫成「置羊皮蓆上」。語譯時，句子一定要補上介詞「在」，寫成「把羊皮放置在席子上」，否則就會失分。

　　表示利用、運用的介詞「以」也經常被省略。譬如在「千金求馬」（見《戰國策・燕策一》）這個故事裏，有人用五百兩黃金購買一匹千里馬的頭，原文寫作：

原句：　買其首 【以】 五百金 ⇨ 省略：　買其首 五百金

　　為了使行文更緊湊，句子於是省略了介詞「以」，寫成「買其首五百金」。同樣，語譯時緊記要把省略了的介詞「用」寫出來。

本文節錄自《魏書·外戚列傳》，記載了北魏歷朝后妃的家族人物事跡，包括思皇后（獻文帝妃子）的父親——李惠。

李惠擅長思考和觀察，辦案乾淨利落。有一次，有兩個分別背負鹽巴和柴枝的人，為爭奪一塊羊皮而對簿公堂。李惠深知這是無頭公案，於是換轉思考的角度，用上另類方法——命人拷打羊皮。經過一輪拷問，羊皮終於吐真言——被打出鹽粒來，證明了羊皮是屬於鹽販的。

本傳也記載了另一件李惠「長於思察」的軼事：官府裏有兩隻燕子連續多日爭地盤。也許是「職業病」上身，李惠決定為牠們斷案：用細長竹子彈打牠們，結果「一去一留」。李惠解釋說：「留下來的燕子，因為花了心力來築巢，因此任由敲打也不離開，誓死保衛家園。」眾人無不拜服於李惠多元思考的能力。

多 元 思 考

軍事家孫臏是齊國公子田忌的門客。有次，田忌跟其他公子賽馬。比賽分三場進行，每人都以上、中、下等馬匹各一出戰。孫臏知道，田忌的馬並非最強，但也不是最弱，於是換了思考角度，給田忌獻上「必贏」的計謀——改變用馬的次序。

按常理，一般人會用上等馬來打頭陣，孫臏卻叫田忌用下等馬——田忌自然落敗。不過，戲肉到了！在第二場，人人都用中等馬上陣，那田忌呢？就是用剛才沒有上陣的上等馬，結果不言而喻，田忌當然贏回一仗啦！到最後一場，當人人只剩下下等馬可以應戰，田忌依然有中等馬可用，結果再下一城。三盤兩勝，田忌不但取得勝利，更獲得齊威王賞賜的黃金。

得到獎金事小，得到孫臏這位軍事人才才最重要，田忌因而將孫臏推薦給齊威王。孫臏也不負田忌所託，輔助齊威王拓展疆土，使齊國成為戰國初期最強大的國家。

文章理解

1. 試解釋以下文句中的粗體字,並把答案寫在橫線上。

    (i) 同**釋**重擔。 　　　　　　　　　　**釋:**＿＿＿＿＿＿

    (ii) **顧**州綱紀曰。 　　　　　　　　**顧:**＿＿＿＿＿＿

2. 試根據文意,把以下文句語譯為語體文。

    杖擊之,見少鹽屑。

    ＿＿＿＿＿＿＿＿＿＿＿＿＿＿＿＿＿＿＿＿＿＿＿＿＿＿＿＿

3. 負鹽和負薪的人為了一塊羊皮而報官,他們的理據是甚麼?

    ＿＿＿＿＿＿＿＿＿＿＿＿＿＿＿＿＿＿＿＿＿＿＿＿＿＿＿＿

4. 李惠打算怎樣破案?

    ＿＿＿＿＿＿＿＿＿＿＿＿＿＿＿＿＿＿＿＿＿＿＿＿＿＿＿＿

5. 承上題,李惠的手下當時有甚麼反應?

    ○ A. 以為他在說笑,所以沒有回應。

    ○ B. 認同他的做法,因此紛紛贊成。

    ○ C. 認同他的做法,可是沒有回應。

    ○ D. 以為他在說笑,所以加以反對。

6. 羊皮被打出鹽粒,跟找出羊皮主人有甚麼關係?

    ＿＿＿＿＿＿＿＿＿＿＿＿＿＿＿＿＿＿＿＿＿＿＿＿＿＿＿＿

7. 根據文章內容,判斷以下陳述。

	正確	錯誤	無從判斷
(i) 背負柴枝的那個人最終認罪。	○	○	○
(ii) 當地百姓都歡服李惠的辦案手法。	○	○	○

第5章

陳遺至孝

陳遺每煮食,輒貯錄焦飯,歸以
遺母。

遺已聚斂得數斗焦飯,未及歸家,
遂帶以從軍。

軍人潰散,逃走山澤,皆多饑死,
遺獨以焦飯得活。

時人以為純孝之報也。

仁愛

「仁」者，二人也。

二人相處，貴乎「愛」。仁，就是愛人：

父母對子女的愛，是「慈」；

子女對父母的愛，是「孝」；

兄弟姐妹之間的愛，是「悌」；

同學朋友之間的愛，是「義」；

對身邊陌生人的愛，是「關懷」；

對流浪動物的愛，是「尊重生命」。

曾經有一首歌，歌詞這樣唱：「憑着愛，我信有出路。」

本章的七個故事：

〈陳遺至孝〉、〈七步成詩〉、〈鸚鵡滅火〉、

〈莊子送葬〉、〈鷸蚌相爭〉、

〈孫叔敖埋兩頭蛇〉、〈張元飼棄狗〉，

將會告訴大家，故事裏的主角怎樣用「仁愛」，

來為自己和別人眼前的困境尋找出路。

從今天起，就好好愛你身邊的每個人吧！

18

陳遺至孝

　　陳遺是孝子，因為母親喜歡吃飯焦，因此每次在官府做飯，鍋底餘下的飯焦，陳遺都總會帶回家給母親吃。

　　社會進步了，我們已經甚少在家中做飯，即使是做飯，也多有傭人代勞。父母喜歡吃甚麼，不喜歡吃甚麼，傭人都知道得一清二楚；相反，作為身邊至親的兒女們，對此卻茫無頭緒，更遑論給他們做飯了。

　　甚麼時候，我們可以好好地留在家中一天，為父母煮一鍋飯、炒一碟菜，以答謝他們多年來的養育之恩？

原文　據南朝・宋・劉義慶《世說新語・德行》略作改寫

　　吳郡 ❶ 陳遺，家至 ❷ 孝，母好食鐺 ❸ 底焦飯。遺作郡主簿 ❹，恆裝一囊，每煮食，輒貯錄焦飯，歸以遺 ❺ 母。

　　後值孫恩賊掠吳郡，袁府君 ❻ 即日便征，遺已聚斂得數斗 ❼ 焦飯，未及歸家，遂帶【焦飯】以從軍。（見「文言知識」）

　　戰於滬瀆 ❽，敗。軍人潰散，逃走山澤，皆多饑死，遺獨以焦飯得活。時人以為 ❾ 純 ❿ 孝之報也。

注釋

❶ 吳郡：東晉時代的郡。「郡」是地方行政單位，相當於今天的「省」。

❷ 至：最。

❸ 鐺：一種有腳的鍋。

❹ 主簿：官職名稱，主管文書及印鑒，類似今天的祕書。

❺ 遺：送給、給予。

❻ 府君：對郡守（郡的長官）的尊稱。

❼ 斗：古代容量單位。東晉的一斗約今天 2,000 毫升。

❽ 滬瀆：即今天的上海。

❾ 以為：認為。

❿ 純：極為。

文言知識

賓 語 省 略

　　賓語省略，是指句子中的賓語，會因為前、後文的內容而省略，可以分為「承前省」和「蒙後省」兩種：

　　承前省，是指前後文出現了相同的賓語，後文的賓語因而省略。譬如課文第二段這一句：

原句： 遂帶 【焦飯】 以從軍 ⇨ 省略： 遂帶 以從軍

　　原本應作「遂帶【焦飯】以從軍」，意指「於是帶同飯焦來跟從軍隊出戰」。可是前文「遺已聚斂得數斗焦飯」已提到「焦飯」，為使文章更簡潔，這句於是把賓語「焦飯」省略。

　　蒙後省，是指後文將出現有關賓語，前文因而先行省略。譬如課文第一段的「歸以遺母」就是一例。大家知道哪裏出現了省略、應該補回哪個賓語嗎？

《世說新語》記載了東漢至魏 晉時期一些名士的言行。根據言行的類別，全書分為三十六章，首四章是：德行、言語、政事和文學，是「孔門四科」，這說明《世說新語》有傾向儒家思想的一面。

論德行，儒家自然最注重「孝」。〈陳遺至孝〉是一篇宣揚「善惡有報」的典型故事，藉此勸告世人要孝順父母。

故事記述了陳遺因為母親喜歡吃飯焦，於是每次在官府裏做飯，都總會把鍋底的飯焦帶回家給母親吃。有一次，亂賊殺到吳郡。在忙亂中，陳遺只好帶同飯焦出征。結果亂賊大勝，陳遺和同袍跑到山上避亂，其他士兵都餓死了，唯獨陳遺帶同了原本給予母親的飯焦，因而得以存活，逃過一劫。對此，人人都說那是陳遺孝順母親而得來的善報。

孝 順 父 母

〈陳遺至孝〉似乎略帶「好心有好報」的勢利思想，以好報來誘使人們孝順。如果說這孝道觀多少帶有私心，到了明代文學大家宋濂有一篇文章，叫做〈猿說〉，裏面就提到小猴子無私愛護母親的故事……

武平縣盛產猿猴，這些猿猴聰明狡猾，人類不容易捕捉牠們。有個獵人於是用毒箭射向一隻猿猴母親。猿猴母親中毒箭後，知道自己時日無多，於是馬上將乳汁餵給小猿猴喝。小猿猴喝完後，母親就死去了。

得到了猿猴母親，獵人竟然連小猿猴也想捕捉，於是剝下母猿的毛皮，並對着小猿猴鞭打牠。小猿猴因而悲傷地叫着，然後跳下樹來，讓獵人捉住，藉此阻止獵人鞭撻母親。

猿猴母親臨死前，爭取最後一口氣來餵小猿猴；小猿猴寧願被捉住，也要阻止獵人拷打母親的毛皮，這才是真正的無私。反觀人類世界，有父母將子女虐打致死，有子女將父母趕出家門，你叫我們這些所謂「萬物之靈」情何以堪？

文章理解

1. 試解釋以下文句中的粗體字，並把答案寫在橫線上。

(i) 母**好**食鐺底焦飯。　　　　　　好：_____

(ii) 未**及**歸家。　　　　　　　　及：_____

2. 試根據文意，把以下文句語譯為語體文。

歸以遺母。

_____

3. 陳遺在官府裏「恆裝一囊」，目的是甚麼？

_____

4. 陳遺帶同飯焦一同打仗，因為

○ A. 他忘記把飯焦給予母親。

○ B. 他未及把飯焦給予母親。

○ C. 他擔心會打仗期間會缺糧。

○ D. 他擔心飯焦放在官府裏會被偷去。

5. 試根據文章內容，判斷以下陳述。　　正確　錯誤　無從判斷

(i) 陳遺依靠給母親的飯焦來續命。　　○　　○　　○

(ii) 陳遺見死不救，沒有把飯焦分給
　　　飢餓的同袍。　　　　　　　　○　　○　　○

6. 對於陳遺大難不死，當時的人有甚麼看法？你同意嗎？為甚麼？
試抒己見。

_____

_____

19 七步成詩

　　兄弟反目是文藝作品的恆久題材。就以曹丕和曹植為例，「七步成詩」是家喻戶曉的故事，背後牽涉到帝位的爭奪。

　　可是有說曹丕和曹植所爭奪的，不只是權位，還有女人。據《昭明文選》所載：魏明帝（曹丕）的皇后甄宓（讀【欣伏】），本是伏羲的女兒，後來溺死於洛水中成為洛神。曹植曾求娶甄宓為妃子，曹操卻將她許給曹丕。自此，曹植一直鬱鬱寡歡，曹丕知道後，對甄宓轉趨冷淡，一直只予以「夫人」的名分，同時更與弟弟生出嫌隙了。

原文 據南朝·宋·劉義慶《世説新語·文學》略作改寫

　　魏文帝曹丕 ❶ 嘗令曹植 ❷ 七步中作詩，不成者行大法 ❸。應聲便為詩曰：「煮豆持 ❹ 作羹 ❺【羹】，漉 ❻【綠】菽 ❼【熟】以為汁 ❽【旗】。其 ❽ 在釜 ❾ 下燃，
_{見「文言知識」}
豆在釜中泣。本自同根生，相煎 ❿ 何太急【苦】？」帝深有慚色。
_{見「文言知識」}

注釋

① 曹丕：曹操的次子，是三國時魏國的開國皇帝。

② 曹植：曹操的四子。

③ 大法：死刑。

④ 持：用來、用作。

⑤ 羹：用菜、肉等煮成的湯。

⑥ 漉：過濾。

⑦ 菽：豆子。

⑧ 萁：豆的莖部。

⑨ 釜：鍋子。

⑩ 煎：本指「煎熬」，這裏指曹丕迫害曹植。

文言知識

四 聲

四聲，就是指古代漢語的四個聲調——平、上、去、入；而今天的粵語則繼承了這四聲，並發展出「九聲」：

聲調	例字	聲調	例字	聲調	例字
陰平	詩 si1	陽平	時 si4	陰入	迫 baak1
陰上	史 si2	陽上	市 si5	中入	百 baak3
陰去	肆 si3	陽去	是 si6	陽入	白 baak6

當中「入聲字」是指粵語拼音韻尾為「-k」、「-p」和「-t」的字。

古人寫詩非常講究用字，一來可以使詩歌內容更形象，二來就是通過四聲的高低跌宕，使詩歌讀起來鏗鏘有力，充滿感情。他們非常講究詩歌的押韻，因為使用不同聲調的字作為韻腳，足以影響詩歌的感情。

以〈七步詩〉為例，它的韻腳是「汁」、「泣」和「急」，粵語拼音分別為：zap1、jap1、gap1，都是入聲字（陰入）。入聲字的最大特點就是發音非常短促，讀起來有一種咄咄逼人的氣勢。曹植之所以要用入聲字作為韻腳，就是要通過急促的節奏，形象地說明哥哥曹丕怎樣迫害自己，同時向曹丕表達內心的憤慨和不滿。

〈七步成詩〉是家喻戶曉的故事。曹操死後由曹丕繼位，是為魏文帝。曹丕恐怕他的弟弟與他爭位，於是先下手為強：先褫奪三弟曹彰的兵權，然後藉機剷除才華橫溢的四弟曹植。

曹丕命令曹植在大殿之上走七步，作詩一首，否則他便要痛下殺手。曹植不假思索，就在七步內脫口說出這首詩歌。這首〈七步詩〉的妙處，在於以豆為喻，以豆根、豆萁、豆子暗示自己與曹丕本是同父兄弟，現在卻淪為敵人，骨肉相殘，不禁讓人欷歔感慨。

值得留意的是，〈七步詩〉只見於《世說新語》，卻不見於正史《三國志》及曹植的作品集《曹子建集》內。〈七步詩〉後來更在《三國演義》裏出現了四句的版本：「煮豆燃豆萁，豆在釜中泣。本是同根生，相煎何太急！」不過無論版本是真是假，有一樣事情是千真萬確的：兄弟同心，其利斷金。

兄 弟 同 心

在現實中，兄弟姐妹為爭奪遺產而反目成仇，可以說是家常便飯；在古代，兄弟之間為了權力而互相廝殺，一樣屢見不鮮，當中最經典的，還算是西晉的「八王之亂」。

西晉開國皇帝晉武帝為了鞏固政權，大肆分封宗室，任由他們建立軍隊，結果導致一眾諸侯王不斷坐大。後來，繼位的惠帝柔弱無能，朝政被賈皇后把持，諸侯王因而借剷除賈后為名，乘機展開了一場為時十七年的宗室內鬥——八王之亂。

雖然名為「八王之亂」，可是牽涉的諸侯王不只八個，更橫跨惠帝的同輩、父輩和祖輩三代，祖孫、叔姪、兄弟交錯的鬥爭，不只掀起無數戰爭，導致生靈塗炭，更讓皇室元氣大傷，無力管治全國。結果引起民變之餘，西晉最終更亡於匈奴人劉淵手下，並揭開了長達二百六十多年中原大地南北分裂局面的序幕。

兄弟若同心，其利可斷金；兄弟不同心，下場最不堪！

文章理解

1. 試解釋以下文句中的粗體字，並把答案寫在橫線上。

   (i)   不成者**行**大法。　　　　　　**行**：＿＿＿＿＿＿

   (ii) 相煎**何**太急！　　　　　　　**何**：＿＿＿＿＿＿

2. 試根據文意，把以下文句語譯為語體文。

   帝深有慚色。

   ＿＿＿＿＿＿＿＿＿＿＿＿＿＿＿＿＿＿＿＿＿＿＿＿＿＿

3. <u>曹植</u>以豆根、豆萁、豆子為喻，所比喻的是甚麼人？

   (i)   豆根：＿＿＿＿＿＿＿＿＿＿＿

   (ii) 豆萁：＿＿＿＿＿＿＿＿＿＿＿

   (iii) 豆子：＿＿＿＿＿＿＿＿＿＿＿

4. 試根據文章內容，完成下表。

	性格	事例
<u>曹丕</u>	①	要求<u>曹植</u>在七步內寫好詩歌，否則會殺死他。
<u>曹植</u>	②	③

5. 承上題，下列哪一項最適合作為本故事的主題？

   ○ A. 兄弟同心　　　　　○ B. 急中生智

   ○ C. 兄弟鬩牆　　　　　○ D. 愛護豆子

20 鸚鵡滅火

記得上世紀 90 年代有一首流行曲，是<u>陳奕迅</u>的《多一點》，主題是人與人之間守望相助。最後一節的歌詞是這樣的：

各把感情濃多一點 / 不憂風波驟變 / 人間天天歡笑 / 因兩手牽

人若關懷人多一點 / 溫馨心中現 / 塵世也會被愛頃刻改變

人類有笑有夢尋 / 只因心暖

歌詞寫得一點也沒錯。不要説「社會」這麼廣闊的層面，即使是我們居住的地方，左鄰右舍之間也應該要守望相助：無事時噓寒問暖，有事時同舟共濟。否則，即使將居所佈置得多麼溫暖，它始終是冷冰冰的石屎建築……

原文 據南朝·宋·劉義慶《宣驗記》略作改寫

有鸚鵡飛集他❶山。山中禽獸輒❷相愛❸。鸚鵡自念：此山雖【接】樂，不可久也。便去。

後數月，山中大火。鸚鵡遙見，便入水沾羽，飛而灑之。天神言：「汝雖有志意，何足云❹也？」對曰：「雖知不能救，然嘗僑居【字】【橋】是山，禽獸行善，皆為兄弟，不忍見耳❺。」

天神嘉其義，即為雨滅火。

注釋

① 他：本解作「其他」，這裏可以理解為「某一」。

② 輒：這裏解作「都」。

③ 相愛：喜歡（鸚鵡）。相，這裏並非「互相」，只表示向對方做某件事情。

④ 何足云：何，哪裏；足，值得；云，提起。「何足云」的字面意思是「哪裏值得提起」，實際上解作「不值一提」，在文中是指鸚鵡救火用的水太少，根本沒有用。

⑤ 耳：語氣助詞，相當於「呢」。

文言知識

表 示 「 這 」 的 指 示 代 詞

指示代詞，是指用來表示事物遠、近的詞語，包括了「近指」的「這」，還有「遠指」的「那」。文言文一樣有指示代詞，表示「這」的指示代詞，常見的有：此、是、斯、茲。

譬如課文第一段「此山雖樂」中的「此」，解作「這」，「此山」可以語譯為「這座山」。

又例如〈不食嗟來之食〉（見頁 124）有「以至於斯也」這句。當中「斯」也是近指代詞，可以語譯為「這個地步」。

至於「是」，今天我們會當作動詞使用，表示判斷，例如「我是香港人」。然而，香港還有不少地方仍將「是」當作「這」來使用的，好像茶餐廳裏「是日午餐」的餐牌，當中「是日」解作「這日」，也就是「今天」，故此「是日午餐」就是說「今天的午餐」。

大家知道「然嘗僑居是山」這句怎樣語譯了嗎？

除了廣為人知的《世說新語》，劉義慶也曾結集門客，編撰了《幽明錄》、《宣驗記》等書。

《宣驗記》是南北朝時代的志怪小說。所謂「志怪」，就是指「記述（志）怪異之事」，這類小說多通過神仙、鬼怪的故事，來宣揚因果報應、鼓勵行善積德。譬如〈董永賣身〉這個孝子故事就是出自東晉人干寶的《搜神記》，是志怪小說的經典例子。

劉義慶篤信佛教，而「因果報應」是佛教的教義，因此他想通過撰寫《宣驗記》，來宣揚（宣）因果報應（驗）的佛理，藉此鼓勵時人行善積德。〈鸚鵡滅火〉是當中較著名的一篇，故事講述鸚鵡與山中動物結為兄弟，後來因見山中大火而主動沾水撲火，其意志最終感動天神，讓天神出手相助。

談美德

守 望 相 助

筆者所住的是公屋，而且一住就已經是數十年了。最初搬進來時，附近有幾家感情極要好的鄰居。閒時，大人們會互相到對方家中作客，聽發燒音響、評藝人歌曲；小孩們如我，就會跟哥哥姐姐，或在走廊上嬉戲，或隔着鐵閘聊天。

記得有一次，那時我才五年級，舍妹因傷入院，父母都趕往探望，得很晚才回家。鄰居知道了，就馬上肩負起照顧我的任務：讓我在他們家吃晚飯，跟小鄰居一起玩遊戲機、聊天……彼此的感情也變得更好。

可惜，鄰居陸陸續續搬走，各散東西，甚至已經失聯，只剩下我們一戶長期留守。衣不如新，人不如故，我們常常說想回到過去，不是因為我們變老了而喜歡懷舊，而是因為過去真的有許多人和事，值得我們去珍惜。

文章理解

1. 試解釋以下文句中的粗體字，並把答案寫在橫線上。

    (i) 有鸚鵡飛**集**他山。　　　　　　集：＿＿＿＿＿＿

    (ii) 天神**嘉**其義。　　　　　　　　嘉：＿＿＿＿＿＿

    (iii) 即**為**雨滅火。　　　　　　　　為：＿＿＿＿＿＿

2. 試根據文意，把以下文句語譯為語體文。

    然嘗僑居是山。

    ＿＿＿＿＿＿＿＿＿＿＿＿＿＿＿＿＿＿＿＿＿＿＿＿＿＿

3. 鸚鵡為甚麼要離開這座山？

    ○ A. 因為發生了山火。

    ○ B. 因為牠被天神驅趕離開。

    ○ C. 因為山中動物不喜歡牠。

    ○ D. 因為牠不能在山裏長住。

4. 鸚鵡起初怎樣撲救山中大火？

    ＿＿＿＿＿＿＿＿＿＿＿＿＿＿＿＿＿＿＿＿＿＿＿＿＿＿

5. 鸚鵡明知道自己力量不足，可是為甚麼還要救火？

    ＿＿＿＿＿＿＿＿＿＿＿＿＿＿＿＿＿＿＿＿＿＿＿＿＿＿

    ＿＿＿＿＿＿＿＿＿＿＿＿＿＿＿＿＿＿＿＿＿＿＿＿＿＿

6. 綜合全文，鸚鵡的性格如何？試結合文章內容，略作說明。

    ＿＿＿＿＿＿＿＿＿＿＿＿＿＿＿＿＿＿＿＿＿＿＿＿＿＿

    ＿＿＿＿＿＿＿＿＿＿＿＿＿＿＿＿＿＿＿＿＿＿＿＿＿＿

21

莊子送葬

「豬隊友」和「神對手」之間，你更想選哪一個？莊子揀選了後者，而他的神對手就是惠子。

莊子和惠子之間「知魚之樂」、「無用之用」的辯論，都成為了後世的美談——不是因為他們所堅持的學術思想，而是他們之間的友誼，能夠確切做到「和而不同」。可惜惠子早死，因此莊子路經惠子墳墓時，一時感觸，就借匠石和郢人的故事，來抒發知己難求的慨歎。

原文 據戰國・莊周《莊子・徐无鬼》略作改寫

　　莊子送葬 ❶，過惠子之墓，顧謂從者曰：「郢 ❷ 人堊 ❸【惡】慢 ❹ 其鼻端若蠅翼，使匠石斲 ❺【啄】之。匠石運斤 ❻ 成風，聽 ❼ 而斲之，盡堊而鼻不傷，郢人立不失容。

　　「宋元公聞之，召匠石曰：『嘗試為寡人為之。』匠石曰：『臣則 ❽ 嘗能斲之。雖然 ❾，臣之質 ❿【志】死久矣。』自夫子 ⓫ 之死也，吾無以 ⓬ 為質矣，吾無與言之矣。」

注釋

① 送葬：即「送殯」，陪同死者家人，把遺體運到埋葬地。

② 郢：春秋時楚國國都。

③ 堊：白色的泥土。

④ 慢：通「漫」，塗抹。

⑤ 斲：削去、砍掉。

⑥ 斤：斧頭。

⑦ 聽：這裏解作「順從」。

⑧ 則：的確。

⑨ 雖然：縱使（雖）這樣（然）。

⑩ 質：這裏解作拍檔、對手。

⑪ 夫子：對對方的尊稱。

⑫ 無以：沒有辦法，這裏可以理解為「沒有人」。

文言知識

第 一 人 稱 代 詞

古人會用我、吾、余、予等代詞來稱呼自己（第一人稱）。

在課文裏，莊子跟門徒說：「吾無以為質矣。」就是說：「我再沒有對手了。」

又如〈揠苗助長〉（見頁 050）裏，宋人跟兒子說：「予助苗長矣。」就是說：「我幫助菜苗生長了」。

又如〈傷仲永〉（見頁 138）裏，王安石寫道：「余聞之也久。」意指：我聽聞方仲永的事跡已經很久了。

古代階級觀念極濃厚，連稱呼自己也要分等級：

皇　帝：用「朕」；

諸侯王：用「寡人」、「孤」，課文中的宋元公是宋國諸侯，因而用「寡人」來稱呼自己；

臣　子：用「臣」，在〈鄒忌諷齊王納諫〉裏，鄒忌跟齊威王說話時，就是用「臣」來稱呼自己的；

僕　人：用「小人」、「奴才」；

婦　女：用「妾」、「賤妾」。

為了使譯文更準確，更容易得分，應該把這些自稱一律語譯為「我」。

文中的惠子本名惠施，是戰國時代「名家」學派的創始人，講究邏輯思辨。惠子認為道家的思想虛無飄渺，因而經常與莊子辯論，卻成為莊子難得的辯論對手和好友。

可惜惠子先死。有次，莊子路經惠子的墓地，一時感觸，因而跟隨從說起郢人與工匠匠石的故事：郢人在鼻尖塗上薄薄的白泥，接着匠石舉起斧頭。斧頭一舉成風，匠石就順從這風聲，一刀削去郢人鼻上的白泥——只見郢人鼻子完好無缺，而且淡定如故。如此神乎其技，宋元公知道了，就自願當白老鼠，邀請匠石表演，可是匠石說自從郢人死後，他就不再表演，更遑論找新拍檔。

莊子以此為喻，抒發對亦敵亦友的惠子早死的不捨之情：惠子一死，再沒有人足以成為對手，更沒有人可以一起辯論。誠然，比起「豬隊友」，「神對手」總是叫人珍惜的。

知己知彼

郢人這位拍檔死了，惠子這位對手死了，匠石和莊子都「無以為質」。此外，歷史上還有「伯牙碎琴」的故事。

根據《呂氏春秋》記載，伯牙擅長彈古琴，鍾子期擅長欣賞琴聲。伯牙彈琴時，心裏想到泰山，鍾子期竟然說：「琴聲高揚啊，就好像泰山！」伯牙彈琴時，心裏想到江河，鍾子期又說：「琴聲盛大啊，就好像長江和黃河！」伯牙彈琴時，無論想到甚麼，鍾子期都一定能領略到他的琴音和心聲，後世因而衍生出詞語「知音」，來比喻互相理解的好朋友。

能夠擁有一位了解自己心聲的知己，夫復何求？所以鍾子期死後，伯牙認為世界上再沒有值得為他彈琴的人，因而「破琴絕弦，終身不復鼓琴」了。好友不易遇上，知音更是難求，因此我們要珍惜身邊了解我們、愛護我們的摯友。

文章理解

1. 試解釋以下文句中的粗體字，並把答案寫在橫線上。

    (i) **顧**謂從者曰。　　　　　　　　顧：＿＿＿＿＿＿＿

    (ii) 郢人立不**失容**。　　　　　　　失容：＿＿＿＿＿＿＿

2. 試根據文意，把以下文句語譯為語體文。

    臣則嘗能斲之。

    ＿＿＿＿＿＿＿＿＿＿＿＿＿＿＿＿＿＿＿＿＿＿＿＿＿＿＿＿

3. 下列哪一項有關文中「堊」的描述是錯誤的？

    ○ A. 是白色的泥土。　　　　○ B. 會慢慢的乾透。

    ○ C. 塗抹在郢人的鼻子上。　○ D. 薄薄的猶如蒼蠅的翅膀。

4. 文章怎樣從正面和側面，描寫匠石的精湛高超？

    (i) 正面：＿＿＿＿＿＿＿＿＿＿＿＿＿＿＿＿＿＿＿＿＿＿

    ＿＿＿＿＿＿＿＿＿＿＿＿＿＿＿＿＿＿＿＿＿＿＿＿＿＿＿＿

    (ii) 側面：＿＿＿＿＿＿＿＿＿＿＿＿＿＿＿＿＿＿＿＿＿＿

    ＿＿＿＿＿＿＿＿＿＿＿＿＿＿＿＿＿＿＿＿＿＿＿＿＿＿＿＿

5. 宋元公請求匠石做甚麼？請摘錄原文句子，並略作說明。

    (i) 原文：＿＿＿＿＿＿＿＿＿＿＿＿＿＿＿＿＿＿＿＿＿＿

    (ii) 說明：宋元公說：「＿＿＿＿＿＿＿＿＿＿＿＿＿＿＿＿」

6. 綜合全文內容，匠石和莊子的處境有甚麼相同的地方？

    ＿＿＿＿＿＿＿＿＿＿＿＿＿＿＿＿＿＿＿＿＿＿＿＿＿＿＿＿

    ＿＿＿＿＿＿＿＿＿＿＿＿＿＿＿＿＿＿＿＿＿＿＿＿＿＿＿＿

22

鷸蚌相爭

很久以前，香港有一首兒歌，叫做《一枝竹仔》，歌詞是這樣唱的：「一枝竹仔會易折彎，幾枝竹一扎斷節難。」

吐谷渾國王阿豺臨終前，也用箭作比喻，來勸告兒子「單者易折，眾則難摧，勠力一心，然後社稷可固」。

蘇代也明白「鷸蚌相爭，漁人得利；趙 燕互戰，強秦並擒」的道理，於是當知道趙國要攻打燕國，就馬上千里迢迢地前往趙國，勸説趙王應團結一致。

原文 據西漢・劉向《戰國策・燕策二》略作改寫

趙且伐燕【煙】，蘇代為燕王謂 ❶ 趙王曰：

「今者臣來，過易水，蚌方【亦】出曝 ❷ 見「文言知識」，而鷸啄其肉，蚌合而鉗其喙【核】【箝】。鷸曰：『今日不雨 ❸【悔】，明日不雨【預】，即有死蚌。』蚌亦謂鷸曰【預】：『今日不出，明日不出，即有死鷸。』兩者不肯舍 ❹，漁者得而并 ❺【並】禽之。

「今趙且伐燕，燕、趙久相支 ❻，以弊 ❼ 大眾，臣恐強秦之為漁者也。故願王之熟 ❽ 計之也【願】。」趙王曰：「善。」乃止。

注釋

❶ 謂：告訴。

❷ 曝：曬太陽。

❸ 雨：作動詞用，表示下雨。

❹ 舍：通「捨」，放手。

❺ 并：同「並」，一同、一起。

❻ 相支：爭持。

❼ 弊：使人疲憊、勞累。

❽ 熟：仔細。

文言知識

時 間 副 詞

時間副詞，就是表示事情發生時間的副詞，可以分為：表示過去、表示現在、表示未來。

表示過去的副詞包括：既、已（解作「已經」）；嘗、始（解作「曾經」）；昔、故、嚮（解作「之前」）；始、初（解作「起初」）。例如：

原文：嘗　與諸　小兒遊　。（〈王戎早慧〉）

譯文：曾經和一眾孩子遊玩。

原文：昔　有　愚　人。（〈愚人食鹽〉）

譯文：從前有一個愚蠢的人。

表示現在的副詞包括：適、始、初（解作「剛剛」、「正好」）；方、正（解作「正在」）。例如：

原文：適　見　滕公。（〈胯下之辱〉）

譯文：正好看見滕公。

表示將來的副詞包括：將、且、欲（解作「將要」）；頃、已而、俄而、須臾、有間（解作「不久」）。例如：

原文：俄而　家　果　失　火　。（〈曲突徙薪〉）

譯文：不久，家裏果然發生火災。

《戰國策》記載了戰國時代各國政客的言論或說辭，例如本課記載了蘇代為燕王遊說趙王不要出兵的說辭。

某次，趙國有意出兵攻打鄰近的燕國。燕王於是派遣蘇代做說客，阻止趙王出兵。蘇代於是用「鷸蚌相爭」的故事來遊說趙王：

蚌在開殼曬太陽時，鷸鳥飛來啄食蚌的肉；為了抵抗，蚌於是用貝殼鉗住鷸鳥的嘴巴。鷸鳥和蚌互相恐嚇對方，說如果不放手，對方就會死去。鷸鳥和蚌爭執不下，最終被漁夫一次過捉住。

事實上，當時秦國逐漸強大，對各國虎視眈眈。其他國家一旦內鬥，強秦就會乘機將它們一網打盡。趙王考慮到這一點，因而答應退兵。「鷸蚌相爭，漁人得利」正是由這個故事演變而來，比喻雙發爭持不下，最終只會兩敗俱傷，讓第三者佔便宜。

團 結 一 致

燕、趙兩國因為短暫的團結，因而避過兵燹之禍，免令秦國漁人得利。事實上，燕、趙、齊、楚、韓、魏這山東六國，除了在蘇秦推行合縱期間，能夠一同西向對付秦國外，其餘時間都各懷鬼胎，最終不敵強秦，而被逐一擊破。

北宋時，蘇軾的父親蘇洵曾經寫過一篇文章，叫做〈六國論〉，分析了這山東六國各自滅亡的原因。他先提到楚、韓、魏「賂秦而力虧」，說的是這三個國家不斷向秦國割地求和，結果它們國土越來越少，秦國卻越來越強大；至於齊國，竟想捨棄盟友，跟秦國並稱「東帝」、「西帝」，因而遭受盟友的聯合攻擊，從此一蹶不振；而趙國和燕國，雖然都有對抗秦國的決心，卻因為盟友的逐一消亡，而獨力難支，最終破滅。

蘇洵在文末感慨地說，如果六國能夠「并力西嚮」，那麼秦國就「食之不得下嚥」。可見，團結是如此重要！

文章理解

1. 試解釋以下文句中的粗體字，並把答案寫在橫線上。

    (i) 趙**且**伐燕。 　　　　　　　　且：＿＿＿＿＿＿

    (ii) 蚌**方**出曝。 　　　　　　　　方：＿＿＿＿＿＿

2. 試根據文意，把以下文句語譯為語體文。

    漁者得而并禽之。

    ＿＿＿＿＿＿＿＿＿＿＿＿＿＿＿＿＿＿＿＿＿

3. 鷸、蚌各自怎樣恐嚇對方？請以自己的文字寫出。

    (i) 鷸對蚌說：「＿＿＿＿＿＿＿＿＿＿＿＿＿＿

    ＿＿＿＿＿＿＿＿＿＿＿＿＿＿＿＿＿＿＿」

    (ii) 蚌對鷸說：「＿＿＿＿＿＿＿＿＿＿＿＿＿＿

    ＿＿＿＿＿＿＿＿＿＿＿＿＿＿＿＿＿＿＿」

4. 蘇代表示趙國攻打燕國會有甚麼結果？

    ①趙、燕被秦國打敗。　　　②趙國會被燕國打敗。

    ③趙、燕會兩敗俱傷。　　　④燕國會被趙國打敗。

    ○ A. ①②　　○ B. ①③　　○ C. ③④　　○ D. ①②④

5. 根據蘇代的寓言，「鷸」就是＿＿＿國，

    「蚌」就是＿＿＿國，「漁者」就是＿＿＿國。

6. 蘇代請求趙王做甚麼事情？請摘錄原文句子，並加以說明。

    (i) 原文： ☐ ☐ ☐ ☐ ☐ ☐

    (ii) 說明： ＿＿＿＿＿＿＿＿＿＿＿＿＿＿＿＿＿＿

23 孫叔敖埋兩頭蛇

　　孫叔敖埋兩頭蛇，固然是傳說，可是當中所帶出「顧己及人」的道理卻是實實在在的。

　　在生活裏，要做到「顧己及人」，其實很簡單：市民棄掉口罩時，要把口罩包好，以免散播病菌，影響他人；司機在路邊停車等候時，要把引擎關掉，以免噴出來的廢氣影響路人；家長帶孩子外出時，不要讓他們在圖書館、博物館、車站等人多的地方亂跑亂跳、大吵大鬧，以免影響其他人……

　　諸如此類，都是輕而易舉的，卻偏偏有許多人只是「顧己」，而無視「及人」的重要。試問這樣，我們的社會還可以進步嗎？

原文　據西漢‧劉向《新序‧雜事一》略作改寫

　　孫叔敖【熬】❶為嬰兒❷之時，出遊，見兩頭蛇，殺而埋之。歸而泣，其母問其故，對曰：「吾聞見兩頭之蛇者死，嚮【向】❸者吾見之，恐去❹母而死也。」其母曰：「蛇今安❺在？」曰：「恐他人又見，殺而埋之矣。」其母曰：「吾聞有陰德❻者〔見「文言知識」〕，天報之以福，汝【宁】不死也。」及長【掌】，為楚令尹【允】❼，未治，而國人信其仁也。

注釋

① 孫叔敖：春秋時代 楚國人，蔿（讀【委】）氏，名敖，字孫叔，後人因而將他的字和名合起來稱呼他。

② 嬰兒：孩子。

③ 嚮：通「向」，剛才。

④ 去：離開。

⑤ 安：哪裏。

⑥ 陰德：暗裏做好事。

⑦ 令尹：官職名稱，即楚國的宰相。

文言知識

虛詞「者」

「者」最常見的用法，就是結合前面的動詞，解作「……的人 / 事 / 物」。譬如本課提到「有陰德者」，「有陰德」解作「暗裏做好事」，「有陰德者」就是「暗裏做好事的人」。

「者」也常見於「……者，……也」的肯定句句式。前句的「者」，表明前文的事物是句子主語，沒有實際意思，不用語譯；而後句則是對主語的描述。

〈樂羊子妻〉（見頁 032）開首「樂羊子之妻者，不知何氏之女也」就是肯定句。前句的「者」表明「樂羊子之妻」是主語，後句「不知何氏之女也」描述了「樂羊子之妻」的身份。整個句子就是說：「樂羊子的妻子，不知道是哪一個家族的女子。」當中的「者」無需語譯。

「者」也可與「今」、「昔」、「嚮」等時間名詞結合，構成「今者」、「昔者」、「嚮者」，來表示時間。「者」在這裏同樣沒有實際意思，因此也可以不譯。

〈鷸蚌相爭〉（見頁 102）有「今者臣來」一句，當中「今者」就是指「今天」，「者」在這裏沒有實際意思，不用語譯。

　　孫叔敖的父親為賈曾與宰相子越結怨，因而被殺，結果孫叔敖舉家搬到淮河河邊隱居。也許受童年陰影影響，孫叔敖自小就懷有「顧己及人」的仁德之心，不希望他人被無辜牽連。

　　在〈孫叔敖埋兩頭蛇〉裏，孫叔敖在路上遇上兩頭蛇，他馬上將牠殺死兼埋葬，為的是不想其他人被牽連在內——見過兩頭蛇後會死去。母親知道後，就告訴他不會就此死去，因為凡是暗裏做過好事的人，一定會得到上天的保佑。果然，孫叔敖不但沒有死去，長大後更成為取得百姓信任的宰相。

　　雖然故事帶有「善有善報」的迷信色彩，可是做人必須「顧己及人」的道理，卻是值得學習的。

顧 己 及 人

　　文天祥在〈正氣歌〉裏有這樣的一句：「時窮節乃見。」是指在危難的關頭，一個人的節操才能顯露出來。其實，這句話也可以套用於現今社會。

　　譬如，新冠肺炎來襲期間，我們經歷過幾波疫情。每次新一波疫情爆發，原因都大同小異：君不見街上、巴士上、地鐵裏，不少人都不戴口罩嗎？君不見在垃圾桶裏，有不少口罩沒有包裹好就被胡亂棄置嗎？君不見有人違反限聚令，公然在酒樓、餐廳舉行派對，不戴口罩就近距離唱歌跳舞嗎？

　　如果這些人肯為他人設想，那麼那兩百多條寶貴的性命，有需要犧牲嗎？社會有需要付出這麼沉重的代價嗎？

　　要社會人人擁有公德心，不是說說口號、拍拍宣傳片就可以做到，而是需要靠當局教育每位市民應該懷有顧己及人之心，為其他人多想一點、多做一點。

文章理解

1. 試解釋以下文句中的粗體字，並把答案寫在橫線上。

   (i) **歸**而泣。 　　　　　　　　　　**歸**：＿＿＿＿＿＿＿

   (ii) **及**長，為楚令尹。 　　　　　　**及**：＿＿＿＿＿＿＿

2. 試根據文意，把以下文句語譯為語體文。

   嚮者吾見之。

   ＿＿＿＿＿＿＿＿＿＿＿＿＿＿＿＿＿＿＿＿＿＿＿＿＿＿＿＿＿

3. 為甚麼孫叔敖要殺死和埋葬兩頭蛇？

   ＿＿＿＿＿＿＿＿＿＿＿＿＿＿＿＿＿＿＿＿＿＿＿＿＿＿＿＿＿

   ＿＿＿＿＿＿＿＿＿＿＿＿＿＿＿＿＿＿＿＿＿＿＿＿＿＿＿＿＿

4. 試根據文章內容，判斷以下陳述。　　正確　錯誤　無從判斷

   (i) 孫叔敖被兩頭蛇咬傷。　　　　　○　　○　　○

   (ii) 孫叔敖要到上任後，
   　　　才得到百姓信任。　　　　　　○　　○　　○

5. 根據文章內容，孫叔敖是一個怎樣的孩子？

   ①誠信可靠　　②仁德善良　　③為人着想　　④膽小怕事

   ○ A. ①③　　○ B. ①④　　○ C. ②③　　○ D. ①②③

6. 你認同孫叔敖母親所説的「有陰德者，天報之福」嗎？試以故事
   結局為例，略作解釋。

   ＿＿＿＿＿＿＿＿＿＿＿＿＿＿＿＿＿＿＿＿＿＿＿＿＿＿＿＿＿

   ＿＿＿＿＿＿＿＿＿＿＿＿＿＿＿＿＿＿＿＿＿＿＿＿＿＿＿＿＿

張元飼棄狗

近年來，許多人都很喜歡飼養寵物，但當中有不少人因為種種理由而棄養。他們之所以始亂終棄，是因為當初只從自己出發：飼養寵物只是為了讓自己開心，卻從沒想到寵物的感受，時日久了，他們就對寵物生厭，最終丟棄牠們。

下文中的主角張元，同樣收養了一隻流浪狗，起初還遭到叔父的反對。到底張元為甚麼會收養小狗？他又以甚麼原因來讓叔父改變初衷？

原文 據唐·李延壽《北史·孝行傳》略作改寫

村陌❶有狗子為❷人所棄者，張元見，即收而養之。其叔父怒曰：「何用此為❸？」將欲逐之。元乞求毋棄，曰：「有生之類❹，莫不重其性命。若天生天殺，自然之理；然今為人所棄而死，非道也。若見而不收養，無仁心也，是以收而養之。」叔父感其言，遂許焉❺。

明年，犬隨叔父夜行。叔父為蛇所噬❻，仆❼地不得行。犬亟奔至家，吠聲不停。元怪之，隨犬出門，見叔父幾死，速延❽醫治之。自此，叔父視犬如親。

注釋

❶ 陌：小路。

❷ 為：介詞，相當於「被」。

❸ 為：表示疑問的語氣助詞，相當於「呢」、「嗎」。

❹ 有生之類：有生命的事物，即生物、動物。

❺ 焉：語氣助詞，表示陳述，不用語譯。

❻ 嚙：咬。

❼ 仆：跌倒。

❽ 延：邀請、請來。

文言知識

文 言 連 詞（二）

本課會講解並列複句、承接複句和轉折複句中常見的連詞。

並列複句：表示前、後句內容的形式是相同的。常見的連詞有：而、且（解作「並且」、「和」）；且……且……（即「一邊……一邊……」）。例如：

原文：飛 而 灑 之。（〈鸚鵡滅火〉）

譯文：飛去那座山，並用水灑向它。

承接複句：表示後句的事情緊接前句出現。常見的連詞有：而（解作「然後」）；便、遂、則、於是（解作「於是」、「就」）。例如課文第一段有這一句：

原文：叔父感其 言 ，遂 許 焉。

譯文：叔父被他的說話所感動，於是允許他收養 。

轉折複句：表示後句的意思與前句所預期的結果相反。常見的連詞有：雖（解作「雖然」）；則、然、而、然而（解作「可是」）。例如課文第一段有這一句：

原文：然 今 為人所棄而死 。

譯文：可是如今牠因被人拋棄而死去。

《北史》記載了北朝（北魏、東魏、西魏、北齊和北周）及隋代的歷史，當中〈孝行（讀【幸】）傳〉記載了多位孝子的事跡，包括北周的張元。

傳中沒有提及張元的父母，卻提到他的祖父。他的祖父失明多年，張元為此擔憂不已。後來他從佛經中得知讓視力失而復得的方法，因而請來和尚，替祖父誦經，結果祖父真的恢復了視力。不久祖父病篤，張元便守在牀邊，日夜照顧祖父，連衣服也不換。祖父去世後，張元更跟着父親，三天不吃飯不喝水，以示孝心。

正如張元在課文中所說：「有生之類，莫不重其性命。」狗和人都擁有生命，張元不忍心眼看祖父久病無醫、不忍心看見小狗死於野外，足以反映他悲天憫人、尊重生命的無私品德。

尊重生命

古人說：「上天有好生之德。」既然造物主能夠對萬物起悲憫之心，那麼人類為甚麼就不可以這樣對待其他生物呢？

弘一法師（李叔同）在圓寂前，再三叮囑弟子把他的遺體裝入棺木時，要在棺木的四個角落，各墊上一個裝有水的碗，以免螞蟻等蟲子爬上棺木後，在遺體火化時被無辜燒死。

作為普通人的我們，一樣可以做到尊重生命：不要虐待動物。縱使要依靠進食肉類來維持生命，也無需以不人道的方式來虐殺牠們；即使是要治理害蟲，也應盡量減少殺生的程度，用上天然物料，防止牠們走進居室，避免用水、火等手段趕盡殺絕。

大至一條藍鯨，小至一隻螞蟻，都是擁有生命的，人類也不例外。尊重生命，就是尊重動物，也就是尊重自己。

文章理解

1. 試解釋以下文句中的粗體字，並把答案寫在橫線上。

(i) 叔父感**其**言。 　　其：＿＿＿＿＿＿

(ii) 犬**亟**奔至家。 　　**亟**：＿＿＿＿＿＿

(iii) 見叔父**幾**死。 　　**幾**：＿＿＿＿＿＿

2. 試根據文意，把以下文句語譯為語體文。

張元見，即收而養之。

＿＿＿＿＿＿＿＿＿＿＿＿＿＿＿＿＿＿＿＿＿＿＿＿＿＿＿

3. 張元怎樣說服叔父讓他收養棄狗？

＿＿＿＿＿＿＿＿＿＿＿＿＿＿＿＿＿＿＿＿＿＿＿＿＿＿＿

＿＿＿＿＿＿＿＿＿＿＿＿＿＿＿＿＿＿＿＿＿＿＿＿＿＿＿

4. 小狗怎樣救了叔父一命？

＿＿＿＿＿＿＿＿＿＿＿＿＿＿＿＿＿＿＿＿＿＿＿＿＿＿＿

＿＿＿＿＿＿＿＿＿＿＿＿＿＿＿＿＿＿＿＿＿＿＿＿＿＿＿

5. 綜合全文，張元是個怎樣的人？

①聰明機智　　②心地善良　　③橫蠻無理　　④珍愛生命

○ A. ①③　　○ B. ②④　　○ C. ①②③　　○ D. ①②④

6. 試根據文章內容，判斷以下陳述。　　正確　錯誤　無從判斷

(i) 棄狗救了叔父，是為了報恩。　　○　　○　　○

(ii) 棄狗救了叔父，叔父因此視牠

　　為親人。　　○　　○　　○

第6章

責人當以其方

魏人命門人鑽火。其夜陰暝，不得
火，催之急。

「今暗如漆，何以不把火照我耶？」

「我有火，何更照爾哉？」

孔文舉聞之曰：「責人當以其方也！」

體諒

體，就是體察別人的難處；

諒，就是諒解別人的言行。

我們年紀越大，對萬事萬物就越有自己的看法。

可是過於看重自己，而忽略了別人，

自然容易跟別人發生衝突，賠上代價：

魏人和僕人只從自己的角度出發，因而吵架收場；

黔敖無視餓者的尊嚴，因而令餓者絕食而死；

何不學學荀巨伯，體諒朋友不良於行，毅然留下陪他？

何不學學唐臨，體諒囚犯也有妻兒，讓他們回家耕作？

本章的五個故事：〈荀巨伯遠看友人疾〉、〈責人當以其方〉、

〈不食嗟來之食〉、〈唐臨為官〉、〈晏子諫殺燭鄒〉，

會從正、反兩面出發，

告訴大家體諒別人的重要。

原諒別人，就是原諒了自己；

體諒別人，也就是體諒了自己。

25

荀巨伯遠看友人疾

荀巨伯之所以留下來，與朋友一起面對胡賊，固然是因為彼此的友情；然而背後有着一個更重要的原因——責任感。

荀巨伯不遠千里前來探望患病的朋友，自然有責任照顧他。現在兵馬來了，如果荀巨伯就這樣貿然逃走——縱使是朋友所准許的——那自然逃不過良心的責備。這份良心、這份責任感，讓荀巨伯體諒到患病的朋友不良於行，因此既不能貿然帶他離開，更不能置之不顧。

原文 據南朝·宋·劉義慶《世說新語·德行》略作改寫

荀【詢】巨伯遠看友人疾，值胡賊❶攻郡❷，友人語【珺】❸巨伯曰：「吾今死矣，子可去！」巨伯曰：「遠來相視，子令吾去；敗義以【見「文言知識」】求生，豈荀巨伯所行邪【爺】❹？」賊既至，謂巨伯曰：「大軍至，一❺郡盡空，汝何男子，而敢獨止？」巨伯曰：「友人有疾，不忍委之，寧以我身代友人命。」賊相謂曰：「我輩無義之人，而入有義之國！」遂班❻軍而還，一郡並獲全。

注釋

① 胡賊：外族敵軍。

② 郡：漢、魏、晉時期的地方行政
單位，規模相當於「省」。

③ 語：告訴、對……説。

④ 邪：表示反問的語氣助詞，相當
於「嗎」。

⑤ 一：整個。

⑥ 班：帶領。

文言知識

文言連詞（三）

本課會説説選擇複句、取捨複句和目的複句中常見的連詞。

【一】**選擇複句**：表示提供兩個選項，讓對方選擇。常見連詞有：**抑、或**（解作「抑或」）；**孰與**（即「……跟……，哪一個較……？」）。例如〈鄒忌諷齊王納諫〉（上）（見頁 154）：

原文：我**孰與**城 北　徐公 （孰）　　美　？

譯文：我　跟都城北面的徐公，　哪一個較英俊？

說明：在「我」跟「徐公」之間，選出其中一個。

【二】**取捨複句**：表示只會選取其中一個選項。常見的連詞有：**寧**（解作「寧願」）；**與……寧、與其……寧**（即「與其……寧可……」）。韓非子的〈鄭人買履〉有這一句：

原文：**寧** 信 度 ，無 自信 （自） 也。

譯文：**寧願**相信尺碼，也不 相信自己的腳 。

說明：最終選取「尺碼」這個選項。

【三】**目的複句**：表示做某件事情的目的，「**以**」是經常用到的連詞，意思相當於「去 / 來」。例如本課有這一句：

原文：敗 義 **以**求 生 。

譯文：敗壞道義**來**求取性命。

說明：「求取性命」是「敗壞道義」的目的。

荀巨伯是東漢人。課文沒有提到荀巨伯的朋友住在哪裏，可是據「遠看友人疾」來看，應該是在長期受到外族入侵的邊疆。

有次，荀巨伯從遠方探望患病的朋友，卻遇上外族兵馬來襲。荀巨伯沒有聽從朋友的勸告離開，反而留下陪伴朋友。不久，胡賊殺到。面對胡賊，荀巨伯義正辭嚴地表示願意犧牲自己，來換取朋友的性命。胡賊的無情，巨伯的有義，正是故事最有張力的一幕。

這時，胡賊不但承認自己「無義」，更因自己進入了「有義之國」而受感動，最終放下屠刀，班師回朝。

荀巨伯體諒到朋友患病，不良於行，因而既不強行帶走他，也沒有對他置之不顧，而是背負這份責任，留下來與朋友共同面對。荀巨伯如此有情有義，相信他的朋友即使真的命喪於胡賊刀下，也死而無憾了。

責任感

民國時期，梁啟超寫過一篇文章，叫做〈最苦與最樂〉，談及的就是責任感。文章開首，他説：「人生最苦的事，莫苦於身上背着一種未來的責任」。

的確，不論是學生、員工、父母，不同的角色都有其不同的責任。責任一天未完成，心裏總是感到不安，因為「受那良心責備不過，要逃躲也沒處逃躲啊」。

學生未做好功課，即使去玩也玩得不暢快；員工未曾把工作完成，即使下班了，回家後也無法安睡；父母未能把孩子好好教導，心裏總是戚戚然，有所遺憾。

有責任感的人，就是因為「急人之所急」，體諒到對方的處境，因而能夠做好對方所付託的事情。

文章理解

1. 試解釋以下文句中的粗體字，並把答案寫在橫線上。

   (i) 子**可**去。 　　　　　　　　　　可：_____

   (ii) 賊**既**至，謂巨伯曰。 　　　　　既：_____

   (iii) 汝何男子，而敢獨**止**？ 　　　　止：_____

2. 試根據文意，把以下文句語譯為語體文。

   寧以我身代友人命。

   _____

3. 為甚麼荀巨伯不聽從朋友的勸告？

   ○ A. 因為他不肯撇下朋友不顧。

   ○ B. 因為他知道自己無路可逃。

   ○ C. 因為他想留下來跟胡賊談判。

   ○ D. 因為他認為賊人會心軟放過他們。

4. 聽到荀巨伯的解釋，胡賊有甚麼回應？

   _____

5. 荀巨伯是個怎樣的人？試根據文章內容，完成下表。

性格	事例
①	知道賊人將要攻城， ② _____。
③	對胡賊說明留下來的原因，並表示 ④ _____。

26

責人當以其方

　　記得周星馳電影《國產凌凌漆》裏，有這樣的一幕：羅家英飾演的科學家得意洋洋地跟凌凌漆介紹自己的非一般發明——太陽能電筒。當然，在科技發達的今天，「太陽能電筒」並非甚麼新鮮事物；可是在當時，觀眾卻是把它視作笑點，因為當中含有悖論：既然有陽光，我還需要電筒照明嗎？

　　想不到，類似橋段竟然早在兩千年前的笑話集《笑林》裏就出現了：富人吩咐僕人摸黑找照明工具，僕人因而說：「你替我生火照明，我自然可以找到照明工具啦！」

　　難道這齣電影的編劇，曾經讀過〈責人當以其方〉這個故事？

原文　據東漢‧邯鄲淳《笑林》改寫

　　魏人夜暴❶疾，命門人❷鑽火❸。其夜陰暝^[明]，不得火，催之急，門人忿^[憤]❹然曰：「君責之亦大❺無道理矣！今暗如漆，何以不把火照我耶^[見「文言知識」]？我當得覓鑽火具，然後易得耳。」魏人曰：「我有火，何更❻照爾哉？」

　　孔文舉聞之曰：「責人當❼以其方❽也！」

注釋

① 暴：突然。

② 門人：僕人。

③ 鑽火：這裏指用火刀和火石撞擊出火來。

④ 忿：生氣。

⑤ 大：非常。

⑥ 更：還要。

⑦ 當：應該。

⑧ 其方：合理的方法，這裏可理解為「充分的理由」。

文言知識

語氣助詞（三）

這課講解能夠表達疑問及反問語氣的文言語氣助詞。

【一】表達疑問的語氣，一般見於疑問句。例子有：不（讀【否】）、乎、焉（讀【言】）、也、耶、邪（讀【爺】）、矣、歟、與（讀【如】）、哉等等，相當於「嗎」、「呢」。例如：

原文：多言　有益　乎？　（〈多言益乎〉）

譯文：多說話有好處嗎？

原文：爾何　相信之　審　邪？　（〈范式守信〉）

譯文：你為甚麼相信他是認真的呢？

【二】表達反問的語氣，一般見於反問句。例子有：乎、為（讀【圍】）、耶、邪、歟、與、哉等等。例如〈荀巨伯遠看友人疾〉（見頁116）裏有這一句：

原文：豈　荀巨伯所行　邪？

譯文：難道是我荀巨伯所做的事嗎？

《笑林》作者邯鄲淳可謂中國笑話界的鼻祖。他擅長黑色幽默，通過故事中人物的悲劇結局，揭露人性的黑暗面，笑中有淚。〈截竿入城〉、〈漢世老人〉如是，〈責人當以其方〉亦如是：

魏人晚上發病，於是吩咐僕人擊石取火，可是當時漆黑一片，僕人無法找到火具，魏人於是催促他。僕人在這時發難了：「您為甚麼不用火為我照明？這樣我就可以找到火具了！」魏人不甘示弱，對僕人反唇相譏。

因為環境昏黑，魏人才要點火，可是同樣因為這樣，僕人才找不到火具。因此魏人既不能催迫僕人，僕人也不能要求魏人點火，來方便自己找火具。主僕二人未能易地而處，因而如此無理取鬧，難怪連孔融也不禁評價說：「責人當以其方也！」套用今天的粵語，就是說：「鬧還鬧，你都要有 point 先得㗎！」

易地而處

有一年冬天，天下了三日大雪，卻還不放晴。安在宮中的齊景公卻跟晏子說：「為甚麼我不感到寒冷呢？」晏子一看，原來齊景公正身穿白狐毛皮呢！

晏子因而向齊景公進諫說：「嬰聞古之賢君飽而知人之饑，溫而知人之寒，逸而知人之勞。今君不知也。」大意是說：古代的明君雖然飽餐，但也能體察百姓挨餓的苦況；雖然穿上溫暖的衣服，但也能體察百姓衣衫單薄；雖然安穩地生活，但也能體察百姓生活艱難。可是大王您卻做不到呢！

齊景公一聽，就知道自己未能易地而處，去體察百姓的苦況，於是下令發放毛衣和糧食給災民，而且一律不問災民的居住地。如果為政者能夠「貼地」一點，主動體察百姓的苦況，急百姓所急，那麼還有人願意與為政者對立嗎？

文章理解

1. 試解釋以下文句中的粗體字，並把答案寫在橫線上。

   (i) 其夜陰**瞑**。　　　　　　　　**瞑**：＿＿＿＿＿＿＿

   (ii) 君責**之**亦大無道理矣！　　**之**：＿＿＿＿＿＿＿

2. 試根據文意，把以下文句語譯為語體文。

   何以不把火照我耶？

   ＿＿＿＿＿＿＿＿＿＿＿＿＿＿＿＿＿＿＿＿＿＿＿＿＿＿＿＿

3. 僕人為甚麼感到生氣？

   ○ A. 因為他不懂得生火。

   ○ B. 因為魏人在羞辱他。

   ○ C. 因為他找不到取火工具。

   ○ D. 因為他認為魏人無理取鬧。

4. 對僕人的回應，魏人怎樣反擊？請用自己的文字寫出來。

   ＿＿＿＿＿＿＿＿＿＿＿＿＿＿＿＿＿＿＿＿＿＿＿＿＿＿＿＿

5. 根據文章內容，完成下表。

	責備對方的原因	不妥之處
魏人	①	在黑暗之中難以找到火具，不應催迫僕人。
僕人	認為魏人不懂得體諒他在黑暗中難以找尋火具。	②

6. 孔融怎樣評價這兩主僕？請用自己的文字寫出來。

   ＿＿＿＿＿＿＿＿＿＿＿＿＿＿＿＿＿＿＿＿＿＿＿＿＿＿＿＿

27

不食嗟來之食

　　曾子認為〈不食嗟來之食〉中的餓者過於固執——既然黔敖已經為自己失言而道歉了，那餓者為甚麼還要跟自己的身體和性命作對呢？

　　如果曾子是那位餓者，相信他會理解餓者的想法。文中的「嗟」字相當於今天的「喂」，這個字用在熟人之間，固然沒有問題，可是現在卻用於陌生人，更何況對方正飽受饑寒之苦？

　　有人說，黔敖只是不知道對方的名字，才用了「嗟」這個字而已，可是即使不認識，相信還有其他的稱呼可用吧？如果黔敖能想到當自己成為飢民時，也不會願意被人呼呼喝喝，那又怎會讓那位餓者白白餓死？

原文 據《禮記・檀弓下》略作改寫

　　齊大饑，黔敖【鉗敖】為 ❶ 食於路，以待餓者而食之。有餓者蒙袂輯【見「文言知識」】【字】【mai6】屨 ❷，貿貿然 ❸ 來。黔敖左奉食，右執飲，欲獻於餓者。【見「文言知識」】【遮】曰：「嗟！來食。」

　　揚其目而視之，曰：「予唯不食嗟來之食，以至於斯也。」從 ❹【見「文言知識」】而謝焉；終不食而死。

　　曾子聞之曰：「微與 ❺？其 ❻ 嗟也可去 ❼，其謝也可食。」【如】

注釋

❶ 為：準備。

❷ 蒙袂輯屨：用衣袖（袂）遮臉，腳上拖曳（輯）着鞋子（屨），表示極度困乏。

❸ 貿貿然：雙眼昏花、莽撞地走路。

❹ 從：追隨。

❺ 微與：不用這樣吧？微，不用、不應該；與，語氣助詞，表示疑問。

❻ 其：如果。

❼ 去：離去。

文言知識

虛詞「於」

「於」只用作介詞，卻有着不同的用法和意思。

表示位置，相當於「在」。譬如課文這一句：

原文：<u>黔敖</u>為食於　　　路（為　食　）。

譯文：<u>黔敖</u>　在【表示位置】路邊準備了食物　。

表示對象，相當於：給、到、向。譬如課文又提到：

原文：欲　　　獻於　　　　餓者。

譯文：想（把食物）送給【表示對象】那個飢民。

表示被動，相當於「被」。在《史記‧廉頗藺相如列傳》裏，<u>藺相如</u>跟<u>秦</u>王說：

原文：臣誠　恐　見欺於　　　王（欺　）。

譯文：我真的恐怕　被【表示被動】大王欺騙　。

表示比較，相當於「比……更……」。在〈墨子責耕柱子〉中，<u>耕柱子</u>跟<u>墨子</u>說：

原文：我毋　俞於　　　　人　（俞）乎？

譯文：我不是　比【表示比較】別人更　優勝　嗎？

《禮記》的內容以周朝禮樂制度和君子道德修養為主，當中部分章節以生動的小故事來闡明道理，〈不食嗟來之食〉就是其中一個例子。

〈不食嗟來之食〉探討了「施」與「受」之間的關係。齊國的黔敖為飢民準備了食物，當他看見一位飢民時，就對他「喂」了一聲，然後施捨食物。那位飢民不肯接受別人邊呼喝邊給予的食物，因此一直挨餓。黔敖知道自己做錯，於是追上前道歉，可是那位飢民依然故我，不肯就食，最終餓死。

事後曾子這樣評論：黔敖以呼喝的態度來施捨食物，固然無禮，他應該顧及對方的感受，不能讓人難堪；不過他事後既然已經道歉，那麼那位飢民就不應這樣固執，否則受苦的也只有自己。

己 所 不 欲 ， 勿 施 於 人

在《論語・衛靈公》裏，子貢問孔子，有沒有一句說話可以作為終身的座右銘（「有一言而可以終身行之者乎？」）。

孔子給出「恕」這個字（「其恕乎」），他其後解釋當中的意思：「己所不欲，勿施於人。」也就是說：自己不希望發生的事情，不要強加在別人身上。

譬如說，有些地產商不想看到年輕人因樓價過高而無處容身，於是以低價捐出地皮，去興建過渡性房屋給有需要的市民居住。可是問題來了：你既然不想看到市民為供樓而百上加斤，那為甚麼又要不斷興建貴價樓，來給樓市推波助瀾呢？

恕，就是「如心」——遵從自己「不欲」的心，推廣到別人身上，也就是「將心比己」。可是在利慾熏心的社會裏，不少人卻是「遵從自己『私慾』的心」，強迫別人接受自己的那一套呢！

文章理解

1. 試解釋以下文句中的粗體字，並把答案寫在橫線上。

(i) 以待餓者而**食**之。　　　　　　**食**：＿＿＿＿＿＿＿

(ii) 從而**謝**焉。　　　　　　　　　**謝**：＿＿＿＿＿＿＿

2. 試根據文意，把以下文句語譯為語體文。

予唯不食嗟來之食，以至於斯也。

＿＿＿＿＿＿＿＿＿＿＿＿＿＿＿＿＿＿＿＿＿＿＿＿＿

3. 文章從哪些角度去描寫飢民的困乏？

①雙眼和臉頰凹陷。　　　　②走路時跌跌撞撞。

③用衣袖遮住臉龐。　　　　④雙腳拖着鞋子走。

○ A. ①③　　○ B. ③④　　○ C. ①③④　　○ D. ②③④

4. 根據文末曾子的言論，填寫下列表格。

	黔敖呼喝飢民	黔敖向飢民道歉
黔敖的態度	①	誠懇
飢民應該……	②	③

5. 你贊同飢民寧死也不肯接受黔敖的食物這種做法嗎？為甚麼？

＿＿＿＿＿＿＿＿＿＿＿＿＿＿＿＿＿＿＿＿＿＿＿＿＿

＿＿＿＿＿＿＿＿＿＿＿＿＿＿＿＿＿＿＿＿＿＿＿＿＿

28

唐臨為官

在《孟子・梁惠王下》，梁惠王跟孟子討教，推行怎樣的政策才算是「王政」（仁政），孟子提出了其中一點——罪人不孥。

「孥」讀【奴】，是妻子和子女的統稱。孟子說，周文王還在岐山時，他其中一項管治原則是「罪人不孥」，也就是今天所說的「禍不及妻兒」；與此同時，商紂王卻是一位殘暴不仁的君主，往往一人犯事，便牽連家人受罪。因此，周文王漸漸深得民心，其部落也日益壯大，最後更得到天下百姓的倒戈相向，將不仁的商紂王擊倒。

文中的唐臨同樣有着「罪人不孥」的想法，不但沒有禍及犯人親屬，甚至讓犯人假釋，回家耕田，以養活妻兒。

原文　據後晉・劉昫《舊唐書・唐臨傳》略作改寫

　　唐臨為萬泉❶丞❷【城】。縣有輕囚十數人。會春暮❸時雨❹【霧】，乃耕種佳期。臨白縣令曰：「囚人亦有妻兒，無稼穡【稼色】何以活人？請出之。」令不許。臨曰：「明公❺若有所疑，臨請自當其罪。」令因請假。

　　臨召囚人，悉❻令歸家耕種。與之約：「農事完，皆歸繫所【係】❼。」囚等皆感恩，至時畢集詣【藝】❽獄，臨因是知名。

注釋

① 萬泉：古代縣名，位於今天的山西省。

② 丞，本解作「輔助」，這裏指地方長官的副手，也就是副縣令。

③ 春暮：春天的最後一個月，也就是春天完結前。

④ 時雨：即「及時雨」，趕及在需要時所下的雨。

⑤ 明公：對有官位的人的敬稱，相當於「大人」。

⑥ 悉：全部。

⑦ 繫所：監獄。

⑧ 詣：前往，這裏解作「返回」。

文言知識

敬 辭 及 謙 辭 「 請 」

　　敬辭，是指表達恭敬語氣的用語；謙辭，則是指表達謙虛語氣的用語。文中的「請」既有敬辭，也有謙辭。

　　用作「敬辭」的「請」，一般用於下級請求上級做某件事，相當於「請您」。在課文裏，唐臨只是副手，無權釋放囚犯，因此只能夠跟縣令説：「請出之。」也就是「請求大人您暫時釋放他們」。

　　用作「謙辭」的「請」，用於下級請求上級讓自己做某件事，相當於「請讓我」。譬如在〈晏子諫殺燭鄒〉裏，晏子跟齊景公説：「請數之以其罪。」就是説：「請讓我用燭鄒的罪狀來責備他。課文第一段「臨請自當其罪」中的「請」，就是這個意思。

　　至於「令因請假」中的「請」則只是動詞，解作「請求」。「請假」就是「請求休假」。

《舊唐書》由後晉宰相劉昫監督編修，起初稱為《唐書》，後來改稱為《舊唐書》，以區別於北宋 歐陽修編寫的《新唐書》。

唐臨本是李建成的下屬。李建成是李世民的兄長兼政敵，後來死於「玄武門之變」，唐臨亦因而被貶為萬泉縣丞。

唐臨有妻兒，也戴罪在身，所以能夠設身處地想到囚犯不能照顧家人的感受，於是向縣令請求暫時釋放囚犯，讓他們回家耕作，令家中大小有所依靠。

正因為唐臨顧慮到囚犯的感受，因此囚犯們反過來也能顧慮到唐臨的處境：在耕作完畢後，全部返回監獄，無一食言，不讓唐臨掉了烏紗。「設身處地」不就是人與人之間相處之道？

談美德

設 身 處 地

據《史記 • 商君列傳》記載，商鞅為了確保秦國百姓無人犯法，讓秦國強大起來，於是推行「什伍連坐法」：將全國百姓每五戶編成一「伍」，每十戶編成一「什」，讓百姓互相監督。如果「什」或「伍」之中有一戶犯罪，而其他人知情不報，那麼整個「什」或「伍」都會牽連（連）受罪（坐）。

自古仁君都以「罪人不孥」為原則，現在商鞅卻反其道而行，百姓自然怨聲載道，而商鞅政敵也越來越多：有一次，太子犯法，卻由於是王位繼承人，不可施刑，商鞅於是懲罰了太子身邊的老師——公子虔和公孫賈。

正因為商鞅當年只顧令秦國強大，卻沒有為所有人設身處地着想，因此當秦孝公病死，秦惠文王繼位後，就馬上「以其人之道還治其人之身」，沒有念及商鞅的確令秦國變得富強的功績，卻反而把他處死了。的確，你不曾為別人設想，別人也不會為你設想——他朝君體也相同。

文章理解

1. 試解釋以下文句中的粗體字，並把答案寫在橫線上。

    (i) **會**春暮時雨。　　　　　　　　會：_____

    (ii) 無稼穡何以**活**人？　　　　　　活：_____

    (iii) 至時**畢**集詣獄。　　　　　　　畢：_____

2. 試根據文意，把以下文句語譯為語體文。

    <u>臨</u>請自當其罪。

    _____

3. 為甚麼縣令拒絕<u>唐臨</u>臨時釋放囚犯的請求？

    _____

4. 下列哪一項有關被釋放囚犯的描述是錯誤的？

    ○ A. 他們家中都有妻兒。

    ○ B. 他們都履行與<u>唐臨</u>的約定。

    ○ C. 他們完成農事後需要返回監獄。

    ○ D. 他們都是準備秋後處決的重犯。

5. 文末說：「囚等皆感恩」，當中的「恩」是指甚麼？

    _____

    _____

6. 當<u>唐臨</u>決意暫時釋放囚犯時，「令因請假」，由此可以看到縣令是一個怎樣的人？試抒己見。

    _____

    _____

29

晏子諫殺燭鄒

　　語言藝術，不是叫我們對別人阿諛奉承，説好話、拍馬屁，而是用相對溫和的方式，來勸告對方，避免加深彼此的矛盾。

　　在古代，國君獨大，有多少個能夠像唐太宗那樣，對魏徵的犯顏直諫照單全收？如果臣子想做忠臣，但又不想枉死於刀下，就只好學習語言藝術，用其他方法來勸諫國君，以免付出沉重的代價。其中一位值得大家效法的，就是齊國的晏子。

原文　據《晏子春秋・外篇》略作改寫

　　齊景公好弋 [亦] ❶，使燭鄒主鳥而亡 [周] ❷ 之，公怒，詔 [召] [利] 吏殺之。晏子曰：「燭鄒有罪三，請數之以其罪 [見「文言知識」] 而殺之。」曰：「可。」

　　於是召而數之於公前，曰：「燭鄒！汝為吾君主鳥而亡之 [宇]，是罪一也；使吾君以 ❸ 鳥之故殺人，是罪二也；使諸侯聞之，以 ❹ 吾君重鳥以 ❺ 輕士，是罪三也。數燭鄒罪已畢，請殺之。」

　　曰：「勿殺！寡人聞命 ❻ 矣。」

注釋

❶ 弋：打獵。

❷ 亡：丟失。

❸ 以：介詞，即「因為」。

❹ 以：動詞，即「以為」。

❺ 以：連詞，即「卻」。

❻ 聞命：接納諫言。

文言知識

倒裝句（一）

倒裝句是指句中詞語的原有次序出現對調。倒裝句有多個種類，其中一種叫「狀語後置」。狀語本位於動詞、形容詞的前面，專門修飾動作的情態或形容詞的程度。在倒裝句裏，狀語會移到動詞、形容詞的後面。

課文第一段「請數之以其罪」這一句，本來寫作「請以其罪數之」，意指「請讓我用他的罪狀來責備他」。

當中「以其罪」（用他的罪狀）是狀語，用來修飾後面的動詞「數」（責備），表示責備的方法。為了強調這個方法，句子於是把狀語「以其罪」，從動詞「數」的前面移到後面。

又如〈齊桓公好服紫〉（見頁 014）中「紫貴甚」這句，本來寫作「紫甚貴」，意指「紫色的絲綢十分昂貴」。

當中「甚」（十分）是狀語，用來修飾後面的形容詞「貴」（昂貴），表示昂貴的程度。為了強調這程度，句子於是把狀語「甚」，從形容詞「貴」的前面移到後面。

晏子原名晏嬰，是春秋時的齊國宰相。《晏子春秋》一書記載了晏子勸諫君主勤政愛民、虛心納諫、愛護百姓的言行，譬如〈晏子諫殺燭鄒〉這故事：

齊景公的臣僕燭鄒丟失了景公打獵得來的雀鳥，景公大怒，打算誅殺他。這時，一向禮賢下士的晏子卻在景公面前，羅列燭鄒的三大罪狀：丟失景公的雀鳥；要景公因為雀鳥而殺人；讓其他諸侯以為景公「重鳥以輕士」。

其實，話是說給景公聽的。晏子知道如果犯顏直諫，景公肯定聽不進耳，於是運用「語言藝術」，表面上是羅列燭鄒罪狀，實際上是向景公進諫：如果為了雀鳥而殺人，一定會成為天下人的大笑話。幸好景公還是虛心納諫的，最終撤回已下的命令，釋放燭鄒。

語 言 藝 術

楚國有一位樂師，叫做優孟。他說話很有智慧，經常給喜怒無常的楚莊王進諫，並令他心甘情願接納自己的意見。

有一次，莊王的愛馬死了，因而下令全體大臣致哀，並準備用棺木給愛馬下葬，更要舉行一場規模極大的葬禮。身邊的大臣都紛紛勸諫莊王，莊王不但不聽，還下令若再有人勸諫自己，就一律殺頭。這時，優孟出動了。

優孟不但順應莊王的意思，而且進行反建議：用白玉做棺材，調動士兵來挖墳墓，在愛馬出殯那天，更要各國使節前來致哀。這就可以讓天下人都知道，莊王愛馬比愛人更甚。

莊王聽到這裏，就知道優孟在進諫：厚葬愛馬等同告知天下，原來楚國人的性命比馬還低賤。莊王最終心悅誠服地撤回成命。可見，正義、正確的事情，我們固然要做，可是也要視乎對象，在適當的時機採取適當的方法。

文章理解

1. 試解釋以下文句中的粗體字，並把答案寫在橫線上。

   (i) 使燭鄒**主**鳥而亡之。　　　　　　　主：＿＿＿＿＿＿

   (ii) 使吾君以鳥之**故**殺人。　　　　　　故：＿＿＿＿＿＿

2. 試根據文意，把以下文句語譯為語體文。

   於是召而數之於公前。

   ＿＿＿＿＿＿＿＿＿＿＿＿＿＿＿＿＿＿＿＿＿＿＿＿＿＿＿

3. 晏子羅列出燭鄒的哪三條罪狀？請用自己的文字逐一說明。

   (i) ＿＿＿＿＿＿＿＿＿＿＿＿＿＿＿＿＿＿＿＿＿＿＿＿＿

   (ii) ＿＿＿＿＿＿＿＿＿＿＿＿＿＿＿＿＿＿＿＿＿＿＿＿＿

   (iii) ＿＿＿＿＿＿＿＿＿＿＿＿＿＿＿＿＿＿＿＿＿＿＿＿

4. 晏子真的想景公誅殺燭鄒嗎？

   ＿＿＿＿＿＿＿＿＿＿＿＿＿＿＿＿＿＿＿＿＿＿＿＿＿＿＿

   ＿＿＿＿＿＿＿＿＿＿＿＿＿＿＿＿＿＿＿＿＿＿＿＿＿＿＿

5. 第一段末句及最後一段都省略了主語，兩句話的說話者是

   ○ A. 燭鄒　　　○ B. 晏子　　　○ C. 齊景公　　　○ D. 鄰國諸侯

6. 根據本文，齊景公是一位怎樣的君主？試抒己見。

   ＿＿＿＿＿＿＿＿＿＿＿＿＿＿＿＿＿＿＿＿＿＿＿＿＿＿＿

第7章

墨子責耕柱子

耕柱子曰：「我毋俞於人乎？」

墨子曰：「我將上大行，駕驥與羊，子將誰敺？」

耕柱子曰：「將敺驥也……驥足以責。」

墨子曰：「我亦以子為足以責。」耕柱子悟。

謙遜

耕柱子年少氣盛，

總覺得自己比別人優秀，

因此不滿被老師墨子責備。

事實上，正是因為耕柱子比別人優秀，

墨子才願意鞭策他、責備他，希望他改進。

我們總會有不夠謙遜的時候：

自以為是萬物之靈，因而不尊重、甚至虐待動物；

自以為學識滿滿，因而不肯求師問道；

自以為比人優秀，因而聽不進別人的勸勉；

自以為是君主，因而不肯接納臣子諫言⋯⋯

本章的六個故事：

〈傷仲永〉、〈黃耳傳書〉、〈墨子責耕柱子〉、

〈梟逢鳩〉、〈鄒忌諷齊王納諫〉（上）、（下），

就是想通過上至君王、下至小孩的遭遇，

提醒大家「滿招損，謙受益」的道理。

30

傷仲永（節錄）

貴為「唐 宋八大家」之首的韓愈，寫過一篇叫〈師說〉的文章，當中寫到士大夫（做官的人）視求師問道為恥的心態。

當時的士大夫之所以不肯向別人請教學問，是因為他們認為向官位低的人求教，是有失身份的做法（「位卑則足羞」）；向官位高的人求教，是拍馬屁的表現（「官盛則近諛」）；跟同輩互相請教，旁人就會恥笑一番（「羣聚而笑之」）。難怪韓愈說這班讀書人的智慧比不上他們一向看不起的大夫、樂師、工匠！

飽讀詩書的士大夫，假如不肯向別人學習，知識水平尚且會下降，何況是從未讀過書的神童方仲永？

原文 北宋‧王安石

金溪民方仲永，世隸【弟】❶耕。仲永生五年，未嘗識書具，忽啼求之。父異焉【言】，借旁近❷與之，即書詩四句，並自為其名❸。其詩以養父母、收族為意，傳一鄉秀才❹觀之。自是指物作詩立就❺，其文理❻皆有可觀者。邑人❼奇【泣】【見「文言知識」】之，稍稍賓客其父，或以錢幣乞之。父利其然也，日扳【班】❽仲永環謁【謁】❾於邑人，不使學。

余聞之也久。明道❿中，從先人還家，於舅家見之，十二三矣。令作詩，不能稱【秤】⓫前時之聞。又七年，還自揚州，復到舅家問焉，曰：「泯【敏】⓬然眾人⓭矣。」

注釋

❶ 隸：屬於、是。

❷ 旁近：附近，這裏可以理解為「鄰居」。

❸ 名：標題。

❹ 秀才：泛指讀書人。

❺ 立就：馬上完成。

❻ 文理：文采和條理。

❼ 邑人：同鄉的人。

❽ 扳：帶領。

❾ 謁：拜見。

❿ 明道：宋仁宗的年號。

⓫ 稱：相符。

⓬ 泯：消失。

⓭ 眾人：普通人。

文言知識

意 動 用 法

「意動用法」是指某個字詞與賓語結合後，這個字詞會變為動詞，並帶出「認為／覺得賓語怎麼樣」或「把賓語當作甚麼」的新詞義。

【一】認為／覺得賓語怎麼樣：

課文第一段有「邑人奇之」一句。當中「奇」是形容詞，解作「與別不同」；其後的「之」是句子的賓語，指的是方仲永。當形容詞「奇」與賓語「之」結合後，「奇」就變成動詞，並帶有「覺得……與別不同」的意思。換言之，「邑人奇之」就是指「同鄉的人都覺得仲永與別不同」。

【二】把賓語當作甚麼：

蘇軾有一篇文章，叫〈前赤壁賦〉，當中有「侶魚蝦而友麋（讀【微】）鹿」一句。「侶」、「友」是名詞，解作「朋友」；其後的「魚蝦」、「麋鹿」是句子的賓語。當名詞「侶」、「友」與賓語「魚蝦」、「麋鹿」結合後，「侶」、「友」就會變成動詞，並帶有「把……當作朋友」的意思。換言之，「侶魚蝦而友麋鹿」就是指「把魚蝦、麋鹿當作朋友」。

王安石是「唐宋八大家」之一,他的文章偏重於說理,喜歡借事說理,言簡意賅,直指要點,〈傷仲永〉就是一例。

年僅五歲的方仲永出生農家,有一天忽然哭着要文房四寶——未曾讀書識字的他,竟然能寫出詩歌來,而且主題甚有意義。方仲永的父親非常驚訝,卻沒有送他到學校讀書,而是當他是搖錢樹,每天都帶他到村裏各處,替富有人家寫詩賺錢為生。

可惜的是,由於方仲永並沒有接受教育,結果詩才逐漸退步,最後到二十歲,就江郎才盡了。

王安石在文末借方仲永的故事來告誡讀者(本文沒有收錄):即使像方仲永這樣的天才,假如沒有接受後天教育,到最後也只會淪為普通人;如果平常人不肯勤力讀書,那麼他的智慧只會比普通人更差,無可救藥。

求師問道

求師問道,不一定是要坐在課室裏,一本正經地聽老師講課;有時,身邊的朋友也可以成為我們的「老師」。

在《論語·述而》裏,孔子這樣說:「三人行,必有我師焉。擇其善者而從之,其不善者而改之。」原來,只要有幾個朋友走在一起,就可以互相學習了。

如果身邊朋友的能力比自己高,固然是學習對象,我們自然要虛心求教;即使身邊朋友的能力比自己低,也足以成為警惕的對象,提醒我們避免重蹈他們的覆轍。

每個人都有優點和缺點,我們固然需要向比自己強的人學習,可同時也可以成為別人的學習對象。正如韓愈在〈師說〉裏所說:「聞道有先後,術業有專攻。」每個人的專長、能力各有不同,我們應該學習他人的好處,避免重犯相同的錯誤。

文章理解

1. 試解釋以下文句中的粗體字，並把答案寫在橫線上。

   (i) 忽**啼**求之。   之：＿＿＿＿＿

   (ii) 即**書**詩四句。   書：＿＿＿＿＿

   (iii) 或**以**錢幣乞之。   以：＿＿＿＿＿

2. 試根據文意，把以下文句語譯為語體文。

   稍稍賓客其父。

   ＿＿＿＿＿＿＿＿＿＿＿＿＿＿＿＿＿＿＿＿＿＿＿＿＿＿＿

3. 根據第一段，方仲永所寫的詩歌題材是甚麼？

   ①農村生活   ②團結族人   ③保家衛國

   ④孝順父母   ⑤勉勵勤學

   ○ A. ①③   ○ B. ②⑤   ○ C. ②④   ○ D. ②④⑤

4. 為甚麼方仲永的父親要帶方仲永拜見同鄉？

   ＿＿＿＿＿＿＿＿＿＿＿＿＿＿＿＿＿＿＿＿＿＿＿＿＿＿＿

   ＿＿＿＿＿＿＿＿＿＿＿＿＿＿＿＿＿＿＿＿＿＿＿＿＿＿＿

5. 方仲永在五歲和十二三歲時的詩才是怎樣的？

   (i) 五　　歲：＿＿＿＿＿＿＿＿＿＿＿＿＿＿＿＿＿＿＿

   (ii) 十二三歲：＿＿＿＿＿＿＿＿＿＿＿＿＿＿＿＿＿＿＿

6. 為甚麼方仲永最終會淪為普通人？

   ＿＿＿＿＿＿＿＿＿＿＿＿＿＿＿＿＿＿＿＿＿＿＿＿＿＿＿

   ＿＿＿＿＿＿＿＿＿＿＿＿＿＿＿＿＿＿＿＿＿＿＿＿＿＿＿

31

黃耳傳書

　　人類飼養寵物，起初是為了幫助自己處理生活上的問題，後來漸漸地，寵物成為了拍檔、知己，甚至是家人。文中的黃耳本來是客人所送的狗隻，後來不但成為了陸機的朋友，最後更得以善終，全因陸機一家能夠放下自己是人類的身份，把黃耳視作家人看待。

原文 據唐·房玄齡等《晉書·陸機傳》略作改寫

　　陸機在吳時，有家客獻快犬，名曰黃耳。此犬^{【核 hat6】}黠 ❶ 慧，能解人語。機後仕 ❷ 洛，^{【見「文言知識」】}常將自隨，頗愛之。

　　機羈旅 ❸ 京師，久無家問，因戲語犬曰：「汝能^{【擐】}齎書馳取消息不^{【否】}？」犬喜搖尾，作聲應之。機試為書，盛以竹筒，繫^{【係】}之犬頸。犬出驛路 ❹^{【亦】}，疾走向吳，速去如飛。至機家，口銜 ❺^{【咸】}筒作聲示之。機家開筒取書，看畢。犬又向人作聲，如有所求，其家作答書，內^{【納】} ❻ 筒，復繫犬頸。犬既得答，仍馳還洛。計人程五旬^{【巡】}，而犬往還才半月。

　　後犬死，殯 ❼ 之，遣送還葬機屯 ❽ 南。機家聚土為墳，屯人呼為「黃耳塚^{【寵】} ❾」。

注釋

① 黠：聰慧、機靈。

② 仕：當官。

③ 羈旅：寄居他鄉。

④ 驛路：古代專供驛馬、驛車使用來派遞書信的道路。

⑤ 銜：叼着、含着。

⑥ 內：同「納」，放入。

⑦ 殯：放在棺木裏待葬。

⑧ 屯：村落、聚居地。

⑨ 塚：墳墓。

文言知識

頻 率 副 詞

頻率副詞，能夠表示事情發生的次數以及強調事情一再重複，可以分為兩大類：表示頻率、表示重複。

表示**頻率多寡**的副詞有：**永**（解作「永遠」）；**久**（解作「長期」、「很久」）；**恆、常**（解作「經常」）；**輒**（讀【接】，解作「總是」）；**素**（解作「一向」）；**數**（讀【索】，解作「屢次」）；**鮮**（讀【癬】，解作「甚少」。）

譬如本文第一段「**常**將自隨」，就是說陸機**經常**把黃耳帶在自己身邊。又如〈樂羊子妻〉（見頁 032）裏樂羊子突然中途回家，是因為「**久**行懷思」，也就是**長期**出行在外，十分掛念妻子。周敦頤在〈愛蓮說〉裏說「菊之愛，陶後**鮮**有聞」，就是說喜愛菊花的人，在陶淵明之後就**甚少**聽聞了。

至於表示**重複**的副詞有：**又、復、更**（解作「再次」）；**仍、尚、猶**（解作「依然」、「還是」）等等。

譬如本文第二段說黃耳「**又**向人作聲」，就是指黃耳**再次**向陸機的家人吠叫，希望他們給陸機回信。又如〈梟逢鳩〉裏鳩鳥說：「東徙**猶**惡子之聲。」就是說如果貓頭鷹不改善自己的聲音，那麼即使東遷了，人們**依然**會討厭牠的叫聲。

　　黃耳是客人送給陸家的狗，陸機卻非常喜歡牠，即使要從吳地遷到洛陽當官，也帶着黃耳陪伴自己。由於在外久了，陸機不知家裏近況，於是跟黃耳開玩笑説，請牠送信回家，並請家人回信。

　　黃耳竟然聽懂陸機的話並吠叫答應，陸機於是試着寫信，請黃耳送信回家。從洛陽到吳地，來回需要五十日，黃耳卻不但懂得走驛道，更只用上七、八天，就把陸機的書信送給家人，甚至請求家人給陸機回信。

　　陸機本身就愛黃耳，加上黃耳機靈聰敏，因此黃耳死後，心存感念的陸機因而用棺木安放牠，並把牠送回故鄉，好好安葬。

　　狗有靈性，也是人類的好朋友，因此筆者一直不明白，那些吃狗的人、那些用狗來責罵對方的人，是帶着怎樣的心態。

感 恩 戴 德

　　春秋時代，晉國大夫趙盾在山上打獵，卻在山上發現有人躺臥在路邊。細問之下，原來那個人當了三年小官，卻不知道母親的近況，於是逃回家鄉，探望母親；卻同時已經三日沒有吃飯，因而全身乏力。趙盾於心不忍，於是把自己的食物分給那個人和他的母親。那個人因而拜謝而去。

　　不久，那個小官當上了晉靈公的侍衛。有一天，趙盾被晉靈公安排的侍衛伏擊，卻得到其中一位侍衛倒戈，捨身相救。事後，趙盾找到那位侍衛。細問之下，他的名字叫做靈輒，就是當年趙盾在山上贈予飯菜的那位小官。靈輒説，如果當時沒有趙盾的幫忙，他早已餓死山上了；現在恩人有難，自然要捨身相救。

　　「施恩莫望報」，我們幫助別人，不是為了要對方報恩；可是反過來說，我們得了別人的幫助，就一定要設法報答對方。

文章理解

1. 試解釋以下文句中的粗體字，並把答案寫在橫線上。

    (i) 汝能**齎**書馳取消息不？　　　　　齎：＿＿＿＿＿＿＿

    (ii) 計人程五**旬**。　　　　　　　　　旬：＿＿＿＿＿＿＿

2. 試根據文意，把以下文句語譯為語體文。

    其家作答書，內筒，復繫犬頸。

    ＿＿＿＿＿＿＿＿＿＿＿＿＿＿＿＿＿＿＿＿＿＿＿＿＿＿＿

3. 根據文章內容，判斷以下陳述。　　　　正確　　錯誤　　無法判斷

    (i) 黃耳的名字來自牠那黃色的耳朵。　　○　　　○　　　○

    (ii) 黃耳一出生就在陸機家生活。　　　　○　　　○　　　○

4. 為甚麼陸機想黃耳幫自己送信？

    ＿＿＿＿＿＿＿＿＿＿＿＿＿＿＿＿＿＿＿＿＿＿＿＿＿＿＿

5. 從何見得黃耳是一隻點慧的狗？請舉出其中兩個例子，略作說明。

    (i) ＿＿＿＿＿＿＿＿＿＿＿＿＿＿＿＿＿＿＿＿＿＿＿＿＿

    (ii) ＿＿＿＿＿＿＿＿＿＿＿＿＿＿＿＿＿＿＿＿＿＿＿＿

6. 下列哪一項不是黃耳死後的遭遇？

    ○ A. 被安放在棺木裏。

    ○ B. 陸機家人為牠設墳。

    ○ C. 被村民稱讚為義犬。

    ○ D. 送還陸機故鄉安葬。

32

墨子責耕柱子

筆者也年輕過。每當聽見有人給自己提點，而這些提點跟自己無關時，就會感到不服氣，因而說：「我沒有這樣做，為甚麼你要這樣提點我？」

一位長輩曾經告訴我：「有則改之，無則加勉。」意指對別人的提點，自己一旦犯上了，固然要改善；即使沒有犯上，也可以作為借鑒，避免日後出錯。

年少氣盛，總會對長輩的提點不加留意，或表示反感，聽不進耳中。就像本課主角耕柱子，他是墨子的得意門生，可是墨子動不動就責備他。他很不滿意，只知道質疑老師的責備不合理，卻不知道老師背後的動機。

原文 據《墨子・耕柱》略作修改

墨子怒耕柱子，耕柱子曰：「我毋俞❶【無預】於人乎？」墨子曰：「我將上大行❷【太恆】，駕❸驥與羊【冀】，子將誰敺【見「文言知識」】？」耕柱子曰：「將敺❹【嘔】驥也。」墨子曰：「何故敺驥也？」耕柱子曰：「驥足以責❺。」墨子曰：「我亦以❻子為足以責。」耕柱子悟。

注釋

❶ 俞：通「愈」，優勝。

❷ 大行：即太行山。

❸ 駕：拉車。

❹ 敺：同「驅」，鞭策。

❺ 責：擔當重任。

❻ 以：認為。

文言知識

倒裝句（二）

這課我們認識一下「賓語前置」和「介賓後置」倒裝句。

賓語位於動詞的後面，表示接受這個動作的事物。在倒裝句裏，賓語會移到動詞的前面。

課文「子將誰敺？」這一句，本來寫作「子將敺誰？」，意指「你將會鞭策哪一種動物？」。

當中「誰」（哪一種動物）是賓語，位於動詞「敺」（鞭策）的後面，表示接受「鞭策」這個動作的對象。為了強調這個賓語，句子於是把賓語「誰」，從動詞「敺」的後面移到前面。

至於「介賓後置」，就是指介詞與賓語，同時從動詞或形容詞的前面移到後面。例如〈鄒忌諷齊王納諫〉（下）（見頁 158）中「美於徐公」這句，本來寫作「於徐公美」，意指「比徐公俊美」。

當中「於」是介詞，表示比較，相當於「比」；「徐公」是賓語。為了強調這賓語，句子於是把介詞和賓語「於徐公」，同時從形容詞「美」的前面移到後面。

《墨子》是墨家的經典著作，當中大部分篇章闡述了墨子的政治、哲學、經濟思想，不少更運用故事形式來闡述道理，譬如前文的〈染絲〉，還有這一篇──〈墨子責耕柱子〉。

〈墨子責耕柱子〉出自〈耕柱〉的篇首，講述墨子為學生耕柱子的不長進而生氣。耕柱子是墨子的得意門生，天資過人，墨子卻經常督促他、責備他，耕柱子因而很不服氣並為此質問墨子。

墨子於是問耕柱子：「你會選擇用好馬還是羊，來鞭策牠拉車登山？」耕柱子回答說用好馬，因為好馬有能力，能夠擔當登山的重任。這時，墨子以馬為喻，說耕柱子就是那匹好馬，墨子認為他能夠擔當重任，才會督促他、責備他。

我們有句老話：「愛之深，責之切。」正是這個道理。

忠 言 逆 耳

老子在《道德經》裏說：「信言不美，美言不信。」真誠的諫言一定不好聽，好聽的話一定不是真誠的。

據《史記·留侯世家》記載，在劉邦長驅直入咸陽後，子嬰投降。劉邦於是入主阿房宮，卻被宮中的珍寶和美女迷惑，因而想長留宮中，不再追求一番大作為。樊噲於是多番進諫，劉邦竟然不聽。軍師張良擔心劉邦不能自拔，於是說：「忠言雖然不中聽，卻對你的言行有利；好藥雖然很苦澀，卻對你的疾病有幫助。你才消滅了無道的秦朝，現在就迷戀財寶女色，這樣跟秦朝有甚麼分別？」劉邦聽了，自知不對，於是馬上離開阿房宮，到灞上駐軍，靜待時機。

即使諫言如何直白、不中聽，貴為一國之君的劉邦尚且一一接納，更何況是人生閱歷尚淺的我們？

文章理解

1. 試解釋以下文句中的粗體字，並把答案寫在橫線上。

   (i) **何故**歐驥也？　　　　　　　何故：＿＿＿＿＿＿＿

   (ii) 耕柱子**悟**。　　　　　　　　悟：＿＿＿＿＿＿＿

2. 試根據文意，把以下文句語譯為語體文。

   我毋俞於人乎？

   ＿＿＿＿＿＿＿＿＿＿＿＿＿＿＿＿＿＿＿＿＿＿＿＿＿

3. 為甚麼耕柱子選擇用好馬來登山？

   ＿＿＿＿＿＿＿＿＿＿＿＿＿＿＿＿＿＿＿＿＿＿＿＿＿

4. 綜合全文，為甚麼墨子經常責備耕柱子？

   ①因為墨子妒忌耕柱子。　　　②因為耕柱子不長進。

   ③因為墨子討厭耕柱子。　　　④因為耕柱子是可造之材。

   ○ A. ①④　　○ B. ①③　　○ C. ②③　　○ D. ②④

5. 根據文章內容，判斷以下陳述。　　　正確　　錯誤　　無從判斷

   (i) 墨子計劃到太行山去。　　　　　○　　　○　　　○

   (ii) 墨子用羊來比喻沒有能力的人。　○　　　○　　　○

6. 有人說：「愛之深，責之切。」你認同這句話嗎？試說說你的看法。

   ＿＿＿＿＿＿＿＿＿＿＿＿＿＿＿＿＿＿＿＿＿＿＿＿＿

   ＿＿＿＿＿＿＿＿＿＿＿＿＿＿＿＿＿＿＿＿＿＿＿＿＿

33

梟逢鳩

面對自己的錯誤，一般人會有三種反應：

第一種人雖然知道自己的錯誤，卻安於現狀，不肯改變。這種人只會漸漸落後於人。

第二種人不認為自己有錯，反而反唇相譏，把責任推到別人身上。這種人不但永遠不能改進，反而會成為其他人嘲諷的對象。

第三種人不但承認自己錯誤，還會努力改善。這種人不但能夠讓自己不斷進步，更能得到旁人的讚賞。

本課〈梟逢鳩〉中的「梟」（貓頭鷹），因被人厭惡而搬離原本居住的地方，大家認為牠是哪一類人？

原文 據西漢·劉向《說苑·談叢》略作改寫

[囂]　　[溝]
梟❶逢鳩❷。鳩曰：「子將安之？」梟應之曰：「我將東徙。」

鳩曰：「何故？」梟曰：「鄉人皆惡我鳴，以故東徙。」鳩曰：「子能
[庚]
更❸鳴可矣，不能更鳴，東徙猶惡子之聲。」

注釋

❶ 梟：貓頭鷹之類的雀鳥。

❷ 鳩：雀鳥名稱，外形像鴿，羽毛呈灰色，帶有斑紋。

❸ 更：更改、改變。

文言知識

虛詞「之」（二）

在〈揠苗助長〉（見頁 050）裏，我們學到「之」可以用作助詞「的」，也可以用作代詞「他」；其實，「之」更可以用作動詞「去」。

【一】作結構助詞，相當於「的」，見於兩個名詞之間，表示事物的從屬關係。

譬如〈李惠杖審羊皮〉（見頁 080）的開首有「思皇后之父」這句。「之」在「思皇后」和「父」兩個名詞之間，「思皇后之父」就是解作「思皇后的父親」，説明李惠這個父親是屬於思皇后的。

【二】作人稱代詞，相當於「他、她、牠、它（們）」，見於動詞後面，表示做某件事的對象。

本課開首記述鳩向梟提出問題，後句「梟應之曰」中的「應」解作「回應」，是動詞。鳩提出問題，梟自然要回應，故此「之」在這裏是指「鳩」，表示梟回應的對象是鳩。

【三】作動詞，解作「前往」，見於地名之前，表示前往的目的地。

李白有一首叫〈黃鶴樓送孟浩然之廣陵〉的七言絕句，標題中的「廣陵」是地名，「之」在這裏解作「前往」，表示孟浩然要前往的目的地是廣陵。

　　〈梟逢鳩〉出自劉向編訂的《說苑》。「說」是「故事」，「苑」是「聚集」；簡單來說，「說苑」就是「故事集」。劉向收集了春秋戰國至漢代的故事，加以整理，藉此反映他的哲學思想、政治理念以及倫理觀念。

　　〈梟逢鳩〉這故事很簡單：貓頭鷹（梟）打算東遷找新居所，因為牠的叫聲讓鄉人感到煩厭，在無可奈何下，唯有搬走。可是斑鳩認為，如果貓頭鷹不肯改變叫聲，那麼即使東遷，一樣會被新居所的人討厭。

　　由此可以反映劉向的處世觀：遇上問題不能逃避，一定要嘗試努力解決，才可以避免問題惡化。

自 我 反 省

　　孟子在《孟子·公孫丑上》說：「子路，人告之以有過，則喜。」子路是孔子的學生，為人魯莽，行事衝動，故此每當有人告訴他錯誤時，他都會特別開心，因為別人的提點無疑是給予他改過的機會。成語「聞過則喜」正是出自這裏。

　　不過，單是「聞過則喜」是不足夠的，因為明知自己犯了錯，卻不肯改變自己，那麼別人再多的提點也是徒然的。

　　在一封寫給傅全美的書信裏，南宋理學家陸九淵認為，即使是聖人也難免犯錯，可是「聖賢之所以為聖賢者，惟其改之而已」。他更提出「聞過則喜，知過不諱，改過不憚」的見解：聽到別人提點自己，固然開心；但下一步必須勇於面對自己的錯誤；最後一步，也是最重要的一步，就是不怕改過，直到把錯誤完全除掉為止。

　　你有甚麼做得不好的地方？就趁今天好好面對、反省，改掉自己的錯誤，成為一個新的自己吧！

文章理解

1. 試解釋以下文句中的粗體字，並把答案寫在橫線上。

   (i) 鳩曰：「**何**故？」　　　　　　何：＿＿＿＿＿＿

   (ii) **以**故東徙。　　　　　　　　　以：＿＿＿＿＿＿

   (iii) 子能更鳴可**矣**。　　　　　　　矣：＿＿＿＿＿＿

2. 試根據文意，把以下文句語譯為語體文。

   子將安之？

   ＿＿＿＿＿＿＿＿＿＿＿＿＿＿＿＿＿＿＿＿＿＿＿＿＿＿＿

3. 斑鳩遇上貓頭鷹時，貓頭鷹正在做甚麼？

   ○ A. 前往找鄉人理論。　　　○ B. 準備向斑鳩求助。

   ○ C. 搬到東面的新居。　　　○ D. 治療自己的聲線。

4. 貓頭鷹遇到甚麼難題？

   ＿＿＿＿＿＿＿＿＿＿＿＿＿＿＿＿＿＿＿＿＿＿＿＿＿＿＿

5. 對於貓頭鷹的難題，斑鳩提出了甚麼建議？

   ＿＿＿＿＿＿＿＿＿＿＿＿＿＿＿＿＿＿＿＿＿＿＿＿＿＿＿

6. 承上題，斑鳩認為如果貓頭鷹不依照牠的建議做，會有甚麼結果？請摘錄原文句子，並加以說明。

   (i) 原文：　| | | | | | | |

   (ii) 說明：＿＿＿＿＿＿＿＿＿＿＿＿＿＿＿＿＿＿＿＿＿＿

   ＿＿＿＿＿＿＿＿＿＿＿＿＿＿＿＿＿＿＿＿＿＿＿＿＿＿＿

34

鄒忌諷齊王納諫（上）

　　人總是愛美的，不論是男是女。東施愛美，卻不知道自己本身不美，以為只要模仿西施捧心的姿態，就能變成大美女，結果引來全村村民的騷動。

　　幸好還有人是清醒的，就如戰國時齊國大臣鄒忌。他愛美，卻自知不如徐公美，因此即使妻子、妾侍、客人怎樣説好話，他也不為所動，更由此明白到治國者一樣會陷入這種被身邊人蒙蔽的圈套裏。

原文　西漢・劉向《戰國策・齊策一》

　　鄒忌脩【收】八尺有餘，身體昳麗❶。朝服衣冠窺❷【日】【焦】【官】鏡，謂其妻曰：「我孰與❸【熟字】城北徐公美？」其妻曰：「君美甚，徐公何能及❹公也！」城北徐公，齊國之美麗者也。忌不自信，而復問其妾曰：「吾孰與徐公美？」妾曰：「徐公何能及君也！」

　　旦日❺客從外來，與坐談，問之客曰：「吾與徐公孰美？」客曰：「徐公不若君之美也！」

　　明日，徐公來。孰❻視之，自以為不如；窺鏡而【見「文言知識」】自視，又弗如【忽】遠甚。暮，寢而【霧】思之曰【見「文言知識」】：「吾妻之美我者，私❼我也；妾之美我者，畏我也；客之美我者，欲有求於我也。」

注釋

① 昳麗：光鮮亮麗的樣子。

② 窺：看、望。

③ 孰與：意指「……跟（與）……哪一個（孰）更……？」

④ 及：比得上。

⑤ 旦日：第二天。

⑥ 孰：通「熟」，仔細。

⑦ 私：偏愛。

文言知識

虛詞「而」

「而」一般用作連詞，能夠表示不同的複句關係。例如：

【一】表示並列關係。〈孫叔敖埋兩頭蛇〉（見頁 106）這樣說：

殺	而	埋之
殺死	並且	埋葬牠

➪ 「殺」和「埋」都是應對兩頭蛇的方法

要留意的是，課文結尾有「寢而思之」這句。「寢」和「思」是同時發生的動作，由此可以改用不屬於連詞的詞語「有時候」。

【二】表示承接關係。課文同一段有這句：

窺鏡	而	自視
看看鏡子	再	看看自己

➪ 「自視」緊接「窺鏡」而出現

【三】表示轉折關係。譬如〈蘇秦刺股〉（見頁 036）中有這一句：

說秦王書十上	而	說不行
遊說秦王，呈上文書十次	可是	主張還是不被採用

➪ 「說不行」與「書十上」的預期相反

【四】表示因果關係。〈揠苗助長〉（見頁 050）有這句：

閔其苗之不長	而	揠之
擔心他的禾苗不能長高	因此	拔起它們

➪ 「閔其苗之不長」是「揠之」的原因

有關其他複句的關聯詞，可以參考〈胯下之辱〉、〈張元飼棄狗〉、〈荀巨伯遠看友人疾〉三課的內容

鄒忌是齊威王的宰相，在他的輔助下，齊威王成為戰國時代首個稱王的諸侯，與周天子平起平坐，足見鄒忌是一位出色的政治家。

鄒忌出色的地方，既在於其治國本領，也在於其進諫技巧，讓齊威王不斷改善自己。鄒忌知道犯顏直諫的壞處，因此將諫言生活化，讓齊威王易於接受。〈鄒忌諷齊王納諫〉正好反映了這一點：

鄒忌發現妻子、妾侍和客人，都盛讚自己比美男子城北徐公英俊，可是在鏡中多番審視，甚至跟徐公見面，他都覺得自己不及徐公英俊。後來，鄒忌醒悟到，妻子私愛自己、妾侍懼怕自己、客人有求於自己，故此才說出違心的話來。

人總有不足，可是如果沒有自知之明，就難以辨別身邊人蒙蔽自己、奉承自己的違心話。鄒忌明白到這一點，於是將從自己的故事所悟到的道理告訴齊威王：自知之明和虛心納諫的重要。

自知之明

人貴自知，明知道自己比不上別人，就不要因為別人的奉承話，而把自己看得特別厲害。

即使不是為了跟別人比較，我們一樣要有自知之明。孔子說：「知之為知之，不知為不知，是知也。」（見《論語·為政》）孔子認為，對於所學知識，如果知道的話，就要說「知道」；否則，就要說「不知道」，這才是真正的「知道」。

在課堂上，老師總會問我們是否明白課堂內容。不知道大家會怎樣回答？那些說「明白」的同學，是真的明白了？還是不敢在同學面前提出自己的問題，以免被取笑？如果是後者，他們雖然贏得了一時的面子，可是到考試測驗前一刻，他們始終搞不清楚不明白的地方，那麼吃虧的，還是他們自己呢！

文章理解

1. 試解釋以下文句中的粗體字，並把答案寫在橫線上。

(i) 鄒忌**脩**八尺有餘。　　　　　　　　脩：＿＿＿＿＿＿

(ii) 齊國之美麗**者**也。　　　　　　　　　者：＿＿＿＿＿＿

(iii) 又**弗**如遠甚。　　　　　　　　　　　弗：＿＿＿＿＿＿

2. 試根據文意，把以下文句語譯為語體文。

忌不自信，而復問其妾曰。

＿＿＿＿＿＿＿＿＿＿＿＿＿＿＿＿＿＿＿＿＿＿＿＿

3. 鄒忌並沒有做下列哪一項，來判斷自己的樣貌英俊與否？

○ A. 詢問城北徐公。　　　○ B. 詢問身邊的人。

○ C. 觀察鏡中的自己。　　○ D. 親自與城北徐公比較。

4. 對於鄒忌的樣貌，妻子、妾侍、客人的總體評價是甚麼？請用自己的文字作答。

＿＿＿＿＿＿＿＿＿＿＿＿＿＿＿＿＿＿＿＿＿＿＿＿

5. 承上題，鄒忌對於他們的評價有甚麼看法？

A. ＿＿＿＿＿＿＿＿＿＿＿＿＿＿＿＿＿＿＿＿＿＿ ；

B. ＿＿＿＿＿＿＿＿＿＿＿＿＿＿＿＿＿＿＿＿＿＿ ；

C. ＿＿＿＿＿＿＿＿＿＿＿＿＿＿＿＿＿＿＿＿＿＿ 。

6. 根據文章，妻子、妾侍、客人的回答是基於一顆＿＿＿＿＿＿ 。

鄒忌諷齊王納諫（下）

　　鄒忌知道妻子、妾侍和客人稱讚自己俊美，是基於私心，因而有所領悟：有許多人或出於私利，或怯於形勢，因而不願意跟對方說真心話。妻子、妾侍、客人之於鄒忌如是；宮婦、隨從、臣子、百姓之於齊王亦如是。因此，鄒忌決定要向齊王進諫，希望他能改變自己、改變齊國。

原文　西漢・劉向《戰國策・齊策一》

　　於是入朝❶〔潮〕見威王曰：「臣誠知不如徐公美，臣之妻私臣，臣之妾畏臣，臣之客欲有求於臣，皆以❷美於徐公。今齊地方千里，百二十城。宮婦左右〔見「文言知識」〕，莫不私王；朝廷之臣，莫不畏王；四境❸之內，莫不有求於王。由此觀之，王之蔽❹〔閉〕甚矣！」

　　王曰：「善。」乃下令：「羣臣吏民，能面刺❺寡人之過者，受上賞〔尚〕；上書諫寡人者〔soeng5〕，受中賞；能謗議❻〔pong3〕於市朝❼，聞寡人之耳者，受下賞。」

　　令初下，羣臣進諫，門庭若市。數月之後，時時而間❽〔諫〕進。期年❾〔基〕之後，雖欲言，無可進者。燕、趙、韓、魏聞之，皆朝於齊〔潮〕。此所謂戰勝於朝廷。

注釋

1. 朝：朝廷。

2. 以：認為。

3. 四境：四方邊境，即國境。

4. 蔽：蒙蔽。

5. 刺：指責。

6. 謗議：非議、反對。

7. 市朝：市集和朝廷，泛指公共場所。

8. 間：間中、偶爾。

9. 期年：滿一年。

文言知識

古今異義

有一些詞語，在古代是某個意思，到今天卻是另有所指。這種詞義隨時間而出現變化的情況，就叫做「古今異義」。

譬如文中的「左右」是指「隨從」，因為他們就在齊威王的旁邊。今天的「左右」卻多用在數量詞後面，表示約數，譬如：半小時左右就可以抵達；也可解作「控制」、「支配」，譬如：他的一言一行足以左右整個股市。

又譬如「嬰兒」，今天專指出生不久的嬰孩；可是在〈孫叔敖埋兩頭蛇〉（見頁 106）裏，卻是泛指「孩子」。為甚麼不能解作「嬰孩」？試想想：才出生不久的孫叔敖，怎可能自行外出遊玩、甚至殺死兩頭蛇？可見「嬰兒」的確出現了古今異義，不能按照今天的標準，來解作「嬰兒」。

那麼大家又知道課文裏「地方」和「時時」的確切意思嗎？

　　本篇是〈鄒忌諷齊王納諫〉的下篇，前文提到鄒忌發現妻子偏愛自己、妾侍懼怕自己、客人有求於自己，故此各自說出違心的話——鄒忌比城北徐公英俊。

　　鄒忌於是馬上告知齊威王，並以此為喻，說齊威王的妃嬪隨從偏愛他、朝臣懼怕他、國民有求於他，因而不肯進諫，他實在被蒙蔽得很嚴重。齊威王知道鄒忌的用意，於是下達命令，設立三等獎賞，獎勵以不同方式勸諫、非議自己的人。

　　結果，金口一開，人人蜂擁到王宮進諫，後來逐漸減少，到最後即使有人想進諫也沒有甚麼可說，足見齊威王不但肯虛心納諫，而且願意改正過失，使齊國日益強大，旁人無可挑剔。

　　齊國的強大促使其他諸侯也前來朝拜，即所謂「戰勝於朝廷」——不費一兵一卒，也能使諸侯臣服。大家知道背後的原因嗎？

虛心納諫

　　齊桓公身邊有兩位得寵小人——易牙和豎刁。易牙為了讓桓公品嘗到人肉的味道，於是殺了自己的兒子，得到桓公欣賞，認為他愛君勝於愛子；豎刁為了侍候桓公，於是閹割了自己，得到桓公欣賞，認為他愛君勝於愛己。管仲死前跟桓公說，易牙和豎刁所做的一切都違反人性，是另有所圖，希望桓公遠離他們。

　　管仲的說話不久便應驗了。兩年後，齊桓公病重，易牙和豎刁乘機迫走太子昭，另立公子無虧。他們更堵塞宮門，假傳君命，不許任何人進宮，結果沒有人供應食物給桓公。桓公餓了好幾天，才知道事情真相，因此在臨死前懊悔地說：「我還有甚麼面目去見管仲呢？」

　　齊桓公能夠稱霸，是因為願意接納管仲的諫言；可是管仲死後，桓公卻沒有聽取他的遺言，結果讓自己走上不歸路。可見不論是君主，還是普通人，虛心接納諫言，都是同樣重要的。

文章理解

1. 試解釋以下文句中的粗體字，並把答案寫在橫線上。

　　(i)　　**時時**而間進。　　　　　　　時時：＿＿＿＿＿＿＿＿＿

　　(ii)　皆**朝**於<u>齊</u>。　　　　　　　朝：＿＿＿＿＿＿＿＿＿

2. 試根據文意，把以下文句語譯為語體文。

　　今<u>齊</u>地方千里。

　　＿＿＿＿＿＿＿＿＿＿＿＿＿＿＿＿＿＿＿＿＿＿＿＿＿＿＿

3. 為甚麼<u>鄒忌</u>認為「王之蔽甚矣」？

　　＿＿＿＿＿＿＿＿＿＿＿＿＿＿＿＿＿＿＿＿＿＿＿＿＿＿＿

　　＿＿＿＿＿＿＿＿＿＿＿＿＿＿＿＿＿＿＿＿＿＿＿＿＿＿＿

4. <u>齊威王</u>設立了三等獎賞，得到各級獎賞的條件分別為何？

　　(i)　　上　　　賞：能夠＿＿＿＿＿＿＿＿＿＿＿＿＿＿＿＿＿＿＿；

　　(ii)　＿＿＿＿＿＿：能夠呈上文書，勸諫<u>齊威王</u>；

　　(iii)　＿＿＿＿＿＿：能夠在公共場所＿＿＿＿＿＿＿＿＿＿＿＿，

　　　　並傳到他的耳中。

5. <u>齊威王</u>能夠「戰勝於朝廷」的原因是甚麼？

　　＿＿＿＿＿＿＿＿＿＿＿＿＿＿＿＿＿＿＿＿＿＿＿＿＿＿＿

　　＿＿＿＿＿＿＿＿＿＿＿＿＿＿＿＿＿＿＿＿＿＿＿＿＿＿＿

6. 連同前文〈<u>鄒忌</u>諷<u>齊王</u>納諫〉（上），下列哪一項不能用來形容<u>鄒</u><u>忌</u>的為人？

　　○ A. 真誠為國。　　　　○ B. 注重儀容。

　　○ C. 舉一反三。　　　　○ D. 貴在自知。

第8章

指鹿為馬

二世笑曰：「丞相誤邪？謂鹿為馬。」

趙高問左右，左右或默，或言馬以阿順趙高。

或言鹿。

高因陰中諸言鹿者以法。

公義

人心不古，是非不分。

有人貪得無厭，有人不講證據，

有人沽名釣譽，有人顛倒黑白……

不過，正如范仲淹所說：「寧鳴而死，不默而生。」

自古以來，不管世道有多黑暗，

總有人會站出來，像〈指鹿為馬〉裏的臣子一樣，

寧死不屈，與奸邪對抗。

文天祥在〈正氣歌〉裏說：「時窮節乃見，一一垂丹青。」

本書的最後五個故事：

〈范式守信〉、〈不貪為寶〉、〈人有亡鈇者〉、

〈外科醫生〉和〈指鹿為馬〉，

就是想告訴大家，

怎樣才算是一個真正講公義、求正直的「人」。

36

范式守信

也許大家讀過《世說新語》中〈陳太丘與友期行〉的故事：陳太丘跟朋友約定在中午一起出發，然而朋友遲遲不來。陳太丘只好先行，卻被後到的朋友報以「非人也」的咒罵。

一個中午的約定，尚且會有人違背，更何況是長達一個星期、一個月，甚至是一年的約定？然而范式卻不是這樣：兩年前的承諾，兩年後都一一兌現。這樣的情節，恐怕要在電視劇裏才可以看到了。

原文 據南朝·宋·范曄《後漢書·獨行列傳》略作改寫

范式字巨卿【輕】，山陽 金鄉人也。少遊太學❶，為諸生，與汝南 張【字】
劭【紹】為友。劭字元伯。二人並告❷歸鄉里。式謂元伯曰：「後二年當❸
還❹，將過拜❺尊親，見孺子焉【言】。」乃共克期日。

後期方至，元伯以式之言白母，請設饌【賺】以候之。母曰：「二年之
別，千里結言，爾❻何相信之審❼邪【節】？」對曰：「巨卿信士，必不
乖❽違。」母曰：「若然❾，當為爾醞【韻】酒。」至其日，巨卿果到，升
堂❿拜飲，盡歡而別。

注釋

❶ 太學：漢代最高學府，以教授儒家典籍為主。

❷ 告：告假。

❸ 當：將要。

❹ 還：回去。

❺ 過拜：探訪、拜會。

❻ 爾：你。

❼ 審：認真。

❽ 乖：違背。

❾ 然：代詞，這樣。

❿ 升堂：走到大廳。

文言知識

虛詞「以」

「以」是常見的虛詞，可以用作介詞，也可以用作連詞。

用作介詞時，「以」的後面大多是名詞或名詞詞組，解作「把」、「用」、「因為」等等。例如課文第二段：

原句：| 以 | 式之言 |　⇨　譯文：| 把 | 范式的説話 |
| 介詞 | 名詞詞組 |　　　| 介詞 | 名詞詞組 |

又例如〈傷仲永〉（見頁 138）裏的這一句：

原句：| 以 | 錢幣 | 乞之 |　⇨　譯文：| 用 | 錢財 | 乞求詩作 |
| 介詞 | 名詞 |　　　| 介詞 | 名詞 |

用作連詞時，「以」的後面大多是動詞，解作「來」、「去」，表示目的，多見於目的複句。譬如〈不食嗟來之食〉（見頁 124）裏有這一句：

| 黔敖為食於路， | 以 | 待餓者而食之 |
| 行動 | 連詞 | 目的 |

在這個複句裏，前句是行動，指「黔敖在路邊預備了食物」；後句是目的，指「等待飢民，給他們吃」。整個複句用連詞「以」來連接前句和後句。

〈獨行列傳〉中的「獨行」不是解作「獨斷獨行」，而是解作「獨特的品行」，也就是「不隨波逐流」的品行，故此「行」在這裏應該讀【幸】。

范式信守承諾的美德亦見於「填地送友」這個故事裏。據〈獨行列傳〉記載，多年後，張劭病篤。臨終前，他感慨地說：「恨不見吾死友（至死不渝的知己）！」隨即氣絕身亡。

不久，范式夢見張劭跟自己報夢說：「巨卿，吾以某日死，當以爾時葬，永歸黃泉。子未我忘，豈能相及？」范式知道張劭已死，於是馬上向太守告假，送別張劭。太守雖不相信，卻被張劭的重情重義感動，因而准許他告假。信守承諾的范式最終趕及在張劭下葬前抵達，與好友作最後告別。

信守承諾

孔子說：「人而無信，不知其可也。」人如果不講信用，固然不能委以重任，更可能會帶來意想不到的後果。

朋友之間要守約。張劭已經預備好酒菜，如果范式最終沒有到訪，那麼張劭以後還會邀請其他人回家聚會嗎？

親人之間也要講信用。曾子的妻子跟兒子開玩笑，說會為他宰豬，曾子認為這樣做只會讓兒子以後不信任別人，甚至連自己也「有樣學樣」，變得不守信用。

君民之間更要守信。周幽王為博褒姒一笑，故意謊報敵軍壓境，結果讓勤王的諸侯白來一趟。到外族犬戎真的直搗鎬京了，周幽王再放多少狼煙，也沒有諸侯來勤王，結果死於敵軍刀下。可見不講信用的後果，是可大可小的！

文章理解

1. 試解釋以下文句中的粗體字，並把答案寫在橫線上。

   (i)　乃共**克**期日。　　　　　　克：＿＿＿＿＿＿

   (ii)　巨卿**果**到，升堂拜飲。　果：＿＿＿＿＿＿

2. 試根據文意，把以下文句語譯為語體文。

   請設饌以候之。

   ＿＿＿＿＿＿＿＿＿＿＿＿＿＿＿＿＿＿＿＿

3. 為甚麼范式和張劭會離開太學？

   ○ A. 因為他們已經畢業。　　○ B. 因為他們告假回鄉。

   ○ C. 因為他們不想讀書。　　○ D. 因為他們被驅趕離開。

4. 為甚麼張劭的母親不相信范式的承諾？

   ＿＿＿＿＿＿＿＿＿＿＿＿＿＿＿＿＿＿＿＿

5. 張劭怎樣釋除母親的疑慮？

   ＿＿＿＿＿＿＿＿＿＿＿＿＿＿＿＿＿＿＿＿

6. 根據文章內容，填寫下列表格。

	承諾	結果
范式	兩年後探訪張劭一家。	①
張劭母親	②	③

37

不貪為寶

孟子說：「生亦我所欲，所欲有甚於生者，故不為苟得也。」生，是指生命；如果套用在以下有關子罕的故事裏，可以是指各種利益、好處：利益人人都想擁有，可是有些人心裏想擁有的事物，比起利益更為重要，在孟子眼中，那就是「義」，而在子罕眼中，就是「不貪」。

子罕，原名樂喜，是宋國的正卿，相當於宰相。一人之下，萬人之上，自然是不少人的巴結對象。本課課文中的宋人給子罕獻上寶物——一塊美玉，雖然沒有巴結子罕的意圖，可是子罕依然不肯接受，這是因為他心中有一種比美玉更重要的寶物——廉潔。

原文 據《左傳・襄公十五年》略作改寫

宋人或 ❶ 得玉，獻諸 ❷ 子罕，子罕弗[忽]受，獻玉者曰：「以示 ❸ 玉人，玉人以為寶也，故敢獻君[見「文言知識」]。」

子罕曰：「我以不貪為寶，爾以玉為寶，若 ❹ 以與我，皆喪寶也，不若人有其寶。」

注釋

① 或：代詞，相當於「有人」。

② 諸：兼詞，由「之」和「於」組合而成，「獻諸子罕」意指「把玉石（之）進獻給（於）子罕。

③ 以示：這裏出現了「賓語省略」的現象，應該寫作「把（以）【這塊玉石（賓語）】展示（示）」。下文「以與我」亦出現同樣的情況。

④ 若：如果。

文言知識

第 二 人 稱 代 詞

　　古人會用「汝」、「女」、「爾」、「若」、「子」、「君」等字來稱呼對方，都相當於「你」（第二人稱）。譬如：

　　「汝（你）善游最也。」（〈哀溺文序〉，見頁 018）

　　「若（你）雖長大。」（〈胯下之辱〉，見頁 044）

　　「當為爾（你）醞酒。」（〈范式守信〉，見頁 164）

　　古代階級觀念極濃厚，故此也會根據對方的身份來敬稱對方，意思相當於「您」。

　　譬如稱國君為「皇上」、「陛下」、「大王」；稱皇子或諸侯王為「殿下」；稱朝廷官員為「公」、「卿」、「君」、「大人」、「閣下」；稱讀書人為「夫子」、「先生」；至於一般人，就可以稱「子」、「足下」。

　　課文裏的子罕是宋國宰相，因此獻玉者跟子罕說：「故敢獻君。」就是用敬稱「君」來稱呼子罕。

　　《左傳》原名《春秋左氏傳》，據說是魯國史官左丘明為史籍《春秋》所作的注解。《左傳》為「編年體」史籍，以魯國國君在位年份為主軸，順序編訂中原各國每年所發生的事。本文就是魯襄公十五年（公元前 558 年）發生於宋國的一個故事：

　　宋國有人得到了一塊寶玉，因而進獻給正卿子罕。子罕卻說，宋人視這塊玉石為寶物，而自己則視「不貪」為寶物。所謂「無功不受祿」，如果自己接受了這塊玉石，就會打破自己「不貪」的原則，而宋人也會喪失了這塊玉石。子罕因而建議宋人把寶物收起，那麼彼此就可以「雙贏」──不用失去屬於自己的寶物。

　　如果天下每位官員都好像子罕那樣，堅守「廉潔」原則，那麼百姓就真的如獲至寶了！

廉潔守法

　　俗語有謂：「『貪』字得個『貧』。」貪官污吏甚至會走上好像和珅被抄家賜死的不歸路。他們起初只知道可以從中得到各種利益，卻不知道自己已經騎虎難下。

　　明代人李贄的《初潭集》記載了「魯相嗜魚」的故事：公儀休是魯國宰相，很喜歡吃魚，因此有不少人爭相買魚獻給他，他卻不接受。他這樣解釋：「夫即受魚，必有下人之色；有下人之色，將枉於法；枉於法，則免於相。」

　　所謂「下人之色」，就是指要看人面色做事。人家給你賄賂，必定是有求於你，你一旦接受了，就要看人面色，受人指使去徇私枉法。日子久了，就會騎虎難下，不能回頭，最終只會受法律制裁，被罷免宰相的職務。

　　在我們周遭，無時無刻都有着各種利益在引誘我們，但緊記不要為貪一時之利，而因小失大，讓自己前途盡毀。

文章理解

1. 試解釋以下文句中的粗體字，並把答案寫在橫線上。

(i) 子罕**弗**受。　　　　　　　　　　弗：＿＿＿＿＿＿＿

(ii) **不若**人有其寶。　　　　　　　　不若：＿＿＿＿＿＿＿

2. 試根據文意，把以下文句語譯為語體文。

爾以玉為寶。

＿＿＿＿＿＿＿＿＿＿＿＿＿＿＿＿＿＿＿＿＿＿＿＿＿＿＿

3. 宋人做了甚麼事情，才膽敢把玉石獻給子罕？

＿＿＿＿＿＿＿＿＿＿＿＿＿＿＿＿＿＿＿＿＿＿＿＿＿＿＿

＿＿＿＿＿＿＿＿＿＿＿＿＿＿＿＿＿＿＿＿＿＿＿＿＿＿＿

4. 子罕跟宋人說：「人有其寶。」子罕和宋人的寶物各自是甚麼？
   他們的寶物在甚麼情況下會失去？請填寫下列表格：

	子罕	宋人
心中的寶物	①	玉石
失去寶物的原因	②	③

5. 試根據文章內容，判斷以下陳述。　　正確　　錯誤　　無從判斷

   (i) 子罕勸宋人把玉石收回。　　　　○　　　○　　　○

   (ii) 宋人最終接受了子罕的建議。　　○　　　○　　　○

6. 綜觀全文，你認同子罕的做法嗎？試抒己見。

＿＿＿＿＿＿＿＿＿＿＿＿＿＿＿＿＿＿＿＿＿＿＿＿＿＿＿

＿＿＿＿＿＿＿＿＿＿＿＿＿＿＿＿＿＿＿＿＿＿＿＿＿＿＿

38

人有亡鈇者

前文提過「耳聽三分假，眼見未為真」，即使有確鑿的證據、有證人的作供，可是司法人員依然要徹底查辦案件，找尋當中的蛛絲馬跡，因為當中可能牽涉冤情、造假。

即使有所謂鐵證如山，司法人員尚且不能憑一己之見來判案，更遑論像下文中的亡鈇者，竟單憑鄰居的神色、言行來判斷他是否小偷？

原文 《列子‧説符》

人有亡 ❶ 鈇【膚】者，意其鄰之子；視其行步，竊鈇【見「文言知識」】也；顏色，竊鈇也；言語，竊鈇也；作動 ❷ 態度，無為 ❸【圖】而不竊鈇也。俄而抇【核 wat6】其谷，而得其鈇。他日復見其鄰人之子，動作態度，無似竊鈇者。

注釋

❶ 亡：丟失、遺失。

❷ 作動：動作。

❸ 無為：這裏指「沒有一件事」。

文言知識

解 字 六 法 ── 形

解字六法，是六種用來幫助推敲難字意思的方法，包括：形、音、義、句、性、位。這課先講解「形」。

「形」是通過文字的部首和部件，來推敲其意思。在成千上萬的漢字中，會意字和形聲字佔了九成以上。換言之，我們可以通過它們的部首或部件，來初步推敲其字義。

譬如課文開首的「鈇」，我們只知道它的讀音，卻不知道所指的是甚麼。在這個時候，我們可以用「形」這解字方法。

「鈇」從「金」部。從「金」部的字，一般與金屬或黃金有關。配合前文解作「丟失」的「亡」，我們可以推敲出：文中主角丟失了的，應該是一件用金屬或黃金鑄造的東西；事實上，「鈇」即解作「斧頭」或斬草用的刀。

又例如〈黃耳傳書〉（見頁 142）的結尾，有「後犬死，殯之」一句，當中「殯」字從「歹」部。從「歹」部的字一般與受傷、死亡等事情有關，配合前文「犬死」，我們可以推敲出：這個字應該跟人或動物的身後事有關；事實上，「殯」就是指把遺體安放在棺木裏，等待下葬。

但由於漢字的形體經歷了兩千多年的變化，我們單從部首或部件，有時未必可以推測出字義，因此還需要配合其他解字方法。

本文節錄自《列子》一書。有說《列子》出自先秦時代道家學者列御寇之手,可是根據考證,《列子》裏不少內容,是晉朝人湊雜道家思想而寫成的。儘管如此,《列子》依然保存了不少道家思想,包括〈人有亡鈇者〉這一課:

課文講述有一個人丟失了斧頭,他只是根據種種「表象」,去懷疑斧頭是鄰居的兒子偷去的,卻從來不去找證據。後來那個人找回了自己的斧頭,從那一刻開始,他又覺得那兒子的言行舉止並非偷斧頭的人了。

凡事講求證據,是法治精神的基石。有人認為「寧縱勿枉」只會讓犯人逍遙法外,然而如果不講證據,單憑辦案者的主觀感覺,就推斷一個人有罪,那麼只會造成許多冤案。這比起讓犯人逍遙法外所造成的影響,是有過之而無不及的。

講 求 證 據

曾任廣東、江西、荊湖「提點刑獄公事」(管轄地方的司法和監獄)的南宋人宋慈,眼見當地官吏辦案馬虎,導致許多冤獄,於是根據前人的見解,並結合多年的驗屍經驗,寫成了世上最早的一部法醫學專書——《洗冤集錄》。

書中提出了多項驗屍、驗骨、驗傷的方法,以及在檢驗時要注意的事項,譬如如何分辨被火燒死與死後焚屍、生前溺斃與死後棄屍入水的差別;更重要的,是他在書中不斷告誡辦案人員「切不可憑一、二人口說,便以為信」,認為「須是詳細檢驗,務要從實」,否則證據再多,也是枉然。

誠然,講求證據是現代法治社會的重要基石,不過,如果司法人員自身沒有嚴謹的法治精神,即使眼前證據歷歷在目,也只會像本課中的亡鈇者一樣,單憑一己之喜惡來判案而已。

文章理解

1. 試解釋以下文句中的粗體字，並把答案寫在橫線上。

   (i) **意**其鄰之子。　　　　　　　　意：＿＿＿＿＿＿＿＿

   (ii) **俄而**扣其谷。　　　　　　　　俄而：＿＿＿＿＿＿＿

2. 試根據文意，把以下文句語譯為語體文。

   他日復見其鄰人之子。

   ＿＿＿＿＿＿＿＿＿＿＿＿＿＿＿＿＿＿＿＿＿＿＿＿＿

3. 文中主角從下列哪些方面，去斷定鄰居的兒子是小偷？

   ①動作　　　②談吐　　　③衣着

   ④步伐　　　⑤神色

   ○ A. ①④⑤　　　　　　○ B. ②③④

   ○ C. ①②④⑤　　　　　○ D. 以上皆是

4. 文中主角是怎樣找回自己的斧頭的？

   ＿＿＿＿＿＿＿＿＿＿＿＿＿＿＿＿＿＿＿＿＿＿＿＿＿

5. 文中主角最終對鄰居的兒子有甚麼結論？請寫出原文句子。

6. 本文的寓意是甚麼？試略加解釋。

   ＿＿＿＿＿＿＿＿＿＿＿＿＿＿＿＿＿＿＿＿＿＿＿＿＿

   ＿＿＿＿＿＿＿＿＿＿＿＿＿＿＿＿＿＿＿＿＿＿＿＿＿

39

外科醫生

　　聽過這樣的笑話嗎？一位茶客到茶樓用膳，期間點了一籠叉燒包。不久，叉燒包到了，裏面卻竟然沒有叉燒！茶客於是跟經理投訴。經理卻這樣說：「叉燒包沒有叉燒，有何出奇？你也吃過老婆餅吧？難道老婆餅裏面有老婆？」

　　「叉燒包沒有叉燒」跟「老婆餅沒有老婆」當然是兩個完全不同的概念，可是這種「徒有虛名」的現象，不只出現在食物上，連人也是這樣。〈外科醫生〉這個故事裏的大夫，自稱擅長外科，卻真的只負責外科的治療工作，外科以外的任何事情，都拒絕去做。到底事情是怎樣的？現在就看看以下的課文吧。

原文　據明・江盈科《雪濤小說・任事》略作改寫

　　有醫者，自稱善外科。一裨將 ❶ 陣回，中流矢，深入膜 ❷ 內，【皮膚】延 ❸ 使治。乃持并州剪 ❹，剪去矢管，遂跪而謝。【冰】裨將曰：「鏃在膜【見「文言知識」】【族】內者須亙治。」醫曰：「此內科事，不意並責我。」【激】

　　噫 ❺！鏃在膜內，然亦醫者之事也。乃 ❻ 隔一膜，輒 ❼ 欲分【依】【接】科，然則 ❽ 責安能諉乎？【委】

注釋

① 裨將：副將。

② 膜：這裏指皮膚。

③ 延：邀請、請求。

④ 并州剪：山西省 并州以出產剪刀聞名，「并州剪」因而成為剪刀的代稱。

⑤ 噫：歎詞，相當於「唉」。

⑥ 乃：只是。

⑦ 輒：就。

⑧ 然則：然而。

文言知識

解字六法 —— 句

　　解字六法，是六種用來幫助推敲難字意思的方法，這課講解「句」。「句」就是通過觀察前後文的內容來推測字義。

　　課文第一段講述大夫替副將剪去箭管後，就「跪而謝」。在今天，「謝」一般解作「感謝」，可是套入文章裏，是說不通的：明明是大夫替副將醫治，為甚麼要跪下來感謝副將？這個時候，我們可以運用「句」這個方法。

　　後文提到，副將請求大夫把皮膚裏的箭頭（鏃）拔走，可是大夫卻說那不是自己的分內事。大夫既然認為自己的分內事已經完成，那自然要收取診金，故此他就跪下來，向副將請求支付診金。事實上，「謝」在古代的其中一個解釋，就是請求對方賞賜。

　　又例如「時時」一詞，在今天解作「經常」，可是在〈鄒忌諷齊王納諫〉（下）（見頁 158）中卻是解作「偶爾」。

　　原文這樣寫：「令初下，羣臣進諫，門庭若市。數月之後，時時而間進。期年之後，雖欲言，無可進者。」這裏運用了修辭手法——層遞。齊威王下令不久，進諫的羣臣非常多；過了一年後，臣子可以進諫的機會沒有了。根據前、後文的內容和邏輯，「時時而間進」應該是進諫的臣子不多也不少；事實上，這裏的「時時」跟「間」同義，都解作「偶爾」。

本課出自江盈科《雪濤小說》裏一個章節——〈任事〉，説的是部分官吏擔當差事的態度。他借外科醫生的故事作比喻：

一位副將被箭射中，箭頭深入皮膚，於是請求自稱擅長外科手術的大夫醫治。大夫把副將皮膚外的箭桿剪掉，之後就完事了。副將説箭頭還在皮膚裏，大夫卻推搪説：「那是內科的事啊！」

江盈科因而感歎説：「只是一膚之隔，大夫就把外科和內科分得清清楚楚，企圖推卸責任。可是醫治病人的責任，又怎可以推卸得了？」

其後，江盈科更揭露了官場的弊病：「今日當事諸公，見事之不可為，而但因循苟安，以遺來者。」那些奉朝廷之命辦事的官員，發現有些事情做不來，要麼敷衍了事，要麼置之不理，留給下任接手的人來處理。食君之祿的父母官，竟然不能擔君之憂呢！

名 實 相 副

齊宣王愛聽竽，每次總要叫上三百人合奏。這三百人都有豐厚的俸祿，這讓南郭先生非常心動。於是，不懂吹竽的他就到樂團裏混飯吃。每次宣王聽樂隊演奏，南郭先生就裝腔作勢地做出在吹竽的模樣。因為竽手很多，樂聲混雜，他混在裏面充數，由始至終都沒有被人識破，南郭先生因而洋洋得意。

後來宣王死了，湣王繼位。湣王也愛聽竽，卻喜歡獨奏，要竽手逐一吹給他聽。南郭先生得知消息後，知道自己混不下去了，於是連夜逃之夭夭。

南郭先生混在樂團裏，最多影響樂團質素；如果混入了朝廷，那麼影響的，就不只是官員團隊的質素，更是百姓的生活了。事實上，像南郭先生這樣名實不副的人，混入服務社會的團隊裏，沽名釣譽，數目也是不少的呢！

文章理解

1. 試解釋以下文句中的粗體字，並把答案寫在橫線上。

   (i) 一裨將**陣**回。 陣：_____

   (ii) 鏃在膜內者須**亟**治。 亟：_____

2. 試根據文意，把以下文句語譯為語體文。

   然則責安能誄乎？

   _____

3. 起初，副將請求大夫做甚麼？

   ○ A. 把整枝箭拔出來。 ○ B. 剪去皮膚外的箭桿。

   ○ C. 清洗流血不止的傷口。 ○ D. 把皮膚裏的箭頭挖出來。

4. 試根據文章內容，判斷以下陳述。 　　正確　　錯誤　　無從判斷

   (i) 大夫徹底治理好副將後才索取診金。　○　　　○　　　○

   (ii) 副將對大夫的行為十分不滿。　　　　○　　　○　　　○

5. 為甚麼文中大夫拒絕把箭頭挖出來？

   _____

6. 以下哪一項最能概括本文的寓意？

   ○ A. 嚴斥見死不救的大夫。

   ○ B. 勸說讀者不應輕信別人。

   ○ C. 建議要找值得信賴的人治病。

   ○ D. 諷刺世上有不少推搪塞責的人。

40 指鹿為馬

文天祥在〈正氣歌〉裏寫道:「時窮節乃見,一一垂丹青。」就是說史書上的偉人,在面臨考驗人性的困境時,最能夠發揮人性光輝。

趙高想奪權,因而指鹿為馬,並要求大臣回應,看看誰最「忠心」。面對威迫利誘,這時候最能考驗大臣的人性了:有些大臣想明哲保身,因而選擇默不作聲;有些大臣想平步青雲,因而曲意逢迎;有些大臣卻看不過眼,因而義正辭嚴地指出趙高的不是。

後者自然被趙高陷害,卻因為能夠明辨是非黑白,發揮了人性光輝,因而被司馬遷記載於史冊中,成為了無名英雄,成為了後世的典範。

原文 據西漢・司馬遷《史記・秦始皇本紀》略作改寫

趙高欲為亂,恐羣臣不聽,乃先設 ❶ 驗,持鹿獻於二世,曰:「馬也。」二世笑曰:「丞相誤邪【耶】?謂鹿為馬。」問左右,左右或默,或言馬以阿【柯】 ❷ 順趙高。或言鹿,高因陰中【眾】見「文言知識」 ❸ 諸言鹿者以法。後羣臣皆畏高。

注釋

❶ 設：設局，設下計謀。

❷ 阿：阿諛、迎合。

❸ 中：這裏解作「陷害」。

文言知識

解字六法 —— 義

　　這課講解另一種推敲難字的方法——義。所謂「義」，是指從難字的某一字義出發，層層推敲，最終找出符合文意的確切字義。

- -

　　文末有「高因陰中諸言鹿者以法」這句。當中「因」解作「因而」；「中」解作「陷害」；「諸言鹿者」解作「那些說是鹿的大臣」；「以法」就是「通過法令」。至於「陰」，一般解作「陰暗」，可是明顯與文意不符。這個時候，我們可以運用「義」，來層層推敲。

　　「中」是動詞，如果將形容詞「陰暗」轉化為名詞「陰暗的環境」——在「陰暗的環境」做事，這樣似乎解得通。再推敲下去，在「陰暗的環境」做事，應該是不被人發現的，那麼是否可以推敲出，「陰」在這裏是副詞，解作「暗地裏」？

　　事實上，「陰」從「阜」部，本指山體北面的山坡。由於地球的地軸是傾斜的，位處北半球的中原地區，山的南坡受陽光照射會比北坡的多。山的北坡較陰暗，故此「陰」就從「山坡」引申出新字義「陰暗」；在「陰暗的環境」裏做事，不易被人察覺，故此「陰」就再引申出新字義——暗中。換言之，「陰中」就是指「暗地裏陷害」。

- -

　　可見，只要捉緊某一難解字的字義，再配合前後文內容，合理地推敲下去，是可以找出其確切意思的。

秦始皇駕崩，秦朝百姓還來不及高興，就因為秦二世怠政，導致丞相趙高乘機作亂，而繼續處於水深火熱之中。

趙高知道秦二世是個窩囊廢，因而興起作亂奪權的念頭，可是他還不知道大臣會怎樣歸邊，於是想出「指鹿為馬」的計謀去試探。

一天，趙高給二世獻上一隻鹿，卻指着說是「馬」。二世說趙高搞錯了，趙高於是向身旁的大臣「求證」：朝中大臣，要麼為了明哲保身而沉默不語；要麼指鹿為馬，曲意逢迎趙高；唯獨有一些正直的大臣，堅持說趙高所獻的是鹿。趙高知道這班人不會跟自己合作，於是通過法令，來暗中陷害這些大臣。

異己已經剷除，其他人繼續黑白顛倒、是非不分，趙高因而走上權力的巔峯，卻同時讓秦朝走向滅亡的道路。

明 辨 是 非

孟子說：「惻隱之心，仁之端也；羞惡之心，義之端也；辭讓之心，禮之端也；是非之心，智之端也。」（見《孟子‧公孫丑上》）是非，就是明辨是非黑白；羞惡，就是因做錯事而感到羞愧。

文中那些「或言鹿」的大臣，無懼死亡，敢於在趙高面前直斥其非，的確擁有「是非之心」，是智慧的開端。相反，那些「或言馬以阿順趙高」的人，他們明知道眼前的是鹿，可是不但不能夠明辨是非，甚至睜開雙眼、埋沒良心地說是「馬」，正正欠缺了「羞惡之心」，是沒有「義」可言的。

孟子說欠缺這四端的人「非人也」。文中那些為了一己之利而埋沒良心、顛倒是非的大臣，已經沒有了人類最寶貴的良心，難道還可以算是「人」嗎？

文章理解

1. 試解釋以下文句中的粗體字,並把答案寫在橫線上。

(i) 趙高**欲**為亂。 　　　　　 欲:＿＿＿＿＿

(ii) 丞相誤**邪**? 　　　　　 邪:＿＿＿＿＿

2. 試根據文意,把以下文句語譯為語體文。

持鹿獻於二世。

＿＿＿＿＿＿＿＿＿＿＿＿＿＿＿＿＿＿＿＿＿＿

3. 為甚麼趙高要對秦二世指鹿為馬?

○ A. 因為他想做皇帝。

○ B. 因為他想戲弄秦二世。

○ C. 因為他想試探大臣們對他是否忠誠。

○ D. 因為他想知道哪些大臣有真才實學。

4. 當趙高問大臣身邊的鹿是否鹿時,大臣們有甚麼反應?

(i) ＿＿＿＿＿＿＿＿＿＿＿＿＿＿＿＿＿＿＿＿

(ii) ＿＿＿＿＿＿＿＿＿＿＿＿＿＿＿＿＿＿＿＿

(iii) ＿＿＿＿＿＿＿＿＿＿＿＿＿＿＿＿＿＿＿＿

5. 故事的最終結局是甚麼?

＿＿＿＿＿＿＿＿＿＿＿＿＿＿＿＿＿＿＿＿＿＿

6. 假如你是當時的大臣之一,你會選擇説真話嗎?為甚麼?試抒
己見。

＿＿＿＿＿＿＿＿＿＿＿＿＿＿＿＿＿＿＿＿＿＿

＿＿＿＿＿＿＿＿＿＿＿＿＿＿＿＿＿＿＿＿＿＿

參考答案

① 愚人食鹽

語譯

　　從前有一個愚蠢的人，去到別人的家裏作客。主人給予他食物，他卻埋怨食物淡而無味。主人聽到了，就再為他加鹽。這個愚蠢的人已經發現了鹽的美味，於是心裏自己跟自己說：「食物之所以變得美味，是因為加了鹽。加了一點尚且這樣美味，何況再多吃一點呢？」這個愚蠢的人沒有智慧，就只是吃鹽。吃鹽過後，口舌失去了味覺，反而給自己增添煩惱。

　　就好像那些其他宗教的信徒，聽聞節制吃喝就可以完成修煉，於是馬上斷絕吃喝，有些經歷七天，有些經歷十五天，結果白白讓自己受苦、挨餓，對修煉沒有好處。就好像那個愚蠢的人，因為鹽美味的緣故，就只是吃它，結果導致口舌失去味覺，這也是同一道理。

文章理解

1. (i) C

   (ii) B　（「益」的本義是「滿溢」，後來引申出「好處」、「加添」等字義。第一段提到愚人埋怨主人的食物淡而無味，可以推敲主人應該會為食物加鹽，故此「更為益鹽」裏的「益」就是指「加添」；第二段提到有些信徒為了修道，竟然斷食十五天，白白導致乏力、挨餓，這樣自然不能成功修道，故此「無益於道」裏的「益」就是指「好處」。）

   (iii) B　（「空」的本義是「孔洞」，後來引申出「天空」、「沒有」、「只是」等字義。第一段記述愚人吃過鹽後，覺得十分美味，於是想到：「加了一點尚且這樣美味，何況再多加一點呢？」可以推測愚人應該是吃了更多的鹽，甚至「只是」吃鹽，故此「便空食鹽」的「空」就是指「只是」。）

2. 原文：　　　少有尚　爾　　　，況　復多　　　　也？

   譯文：（加了）一點尚且這樣（美味），何況再多吃（一點）呢？

   （題目是帶有反問語氣的遞進複句，「尚」在這裏是「尚且」，「況」是「何況」。）

3. D

4. 愚人因為只是吃鹽，結果導致口舌失去了味覺。故事想藉此帶出凡事要適可而止的道理。

5. 有些人誤將「節飲食」理解為「斷飲食」，於是過分地斷絕吃喝達十五天，導致乏力、捱餓，結果學道不成，反過來傷害了自己的健康。

6. A；D

❷ 齊桓公好服紫

語譯

　　齊桓公喜歡穿着紫色衣服，於是整個國都的百姓全都穿着紫色衣服。在這個時候，即使是五匹名貴的未染色絲綢，也換不上一匹紫色的。齊桓公十分擔心這個情況，於是告訴管仲説：「寡人喜歡穿紫色衣服，可是紫色絲綢十分昂貴，整個國都的百姓都喜歡穿紫色衣服的（奢侈）風氣無法制止，寡人應該怎麼辦？」

　　管仲回答説：「大王想制止這情況，為甚麼不試試不穿紫色衣服？您可以告訴身邊的侍衞説：『我十分討厭紫色衣服的氣味。』如果在這個時候，剛巧有穿紫色衣服的侍衞進來，您一定要説：『你們稍為退後，我討厭紫色衣服的氣味！』」齊桓公回應説：「好的。」

　　從這天開始，侍衞都不再穿紫色衣服；第二天，國都裏的百姓都不再穿紫色衣服；第三日，國境之內的百姓都不再穿紫色衣服了。

文章理解

1. (i) 意；穿着（「衣」本讀【依】，解作「衣服」，當用作動詞「穿着」時，就要破讀為【意】。）

   (ii) wu3；討厭（「惡」本讀【ok3】，解作「不好」，當用作動詞「討厭」時，就要破讀為【wu3】。）

2. 原文：　　　少卻　，吾惡紫　　臭！
   譯文：（你們）稍為退後，我討厭紫色衣服的氣味！
   （「惡」有多個讀音，讀【wu3】時，可以用作動詞，表示討厭。）

3. (i) 五素不得一紫。
   (ii) 「素」是名貴的絲綢，五匹素也換不上一匹紫色絲綢，可以證明紫色絲綢非常昂貴。

4. 因為如果齊桓公表示自己討厭紫色衣服，這樣百姓就不會再跟風穿着，紫色絲綢的價格也會隨之回落。

5. D

6. 句子從「宮中」、「國都」，寫到「國境」，能夠一層一層地寫出齊桓公對百姓的影響力。

7. 齊桓公喜歡紫色衣服，百姓也跟着喜歡，反之亦然。百姓已經把齊桓公視為榜樣，足見齊桓公在百姓之間有着重大的影響力。

❸ 哀溺文序（節錄）

語譯

　　永州的百姓都擅長游泳。有一天，河水上漲得厲害，有五、六個百姓，乘坐小船橫渡湘江。渡河途中，船隻破爛了，這五、六個百姓都游水逃生。其中一個百姓用盡力量游泳，卻游得不遠。他的同伴説：「你最擅長游泳，現在為甚麼會落後呢？」這個百姓説：「我在腰上掛上了許多銅錢，十分重，所以落後了。」同伴説：「為甚麼不丟掉它們？」這個百姓不回應，搖了搖他的頭。過了不久，他更加疲乏了。已經過河的人，站在河岸上，一邊吶喊一邊大叫説：「你愚蠢得厲害，被錢財蒙蔽得厲害！自己都快要死了，還死抱着錢財來做甚麼？」這個百姓又再搖搖他的頭，最終遇溺死去。

文章理解

1. (i) 都

　　(ii) 更加

　　(iii) 最終

2. 原文：身 且 死 ，何 　以 貨 　為（何）　？

　　譯文：自己快要死了，　還死抱着錢財來做 　甚麼 　？

　　（「何……為」是倒裝句句式，意指「……做（為）甚麼（何）」。）

3. A. 一氓

　　B. 其侶 　（出現對話省的內容，是其中一位百姓（一氓）和他的同伴（其侶）的對話，由於第一句出現主語「其侶」，由此可以推敲出後文兩句説話的主語分別是誰。）

　　C. 一氓 　（文章最後一句的主語是「一氓」，由於前面已經出現了這個主語，因此這句把主語省略。）

4. 遇溺者説自己在腰上掛上了許多銅錢，十分重，所以落後。

5. B

6. (i) 無從判斷

(ii) 正確

7. （答案只供參考）

我不認同。因為錢財只是身外之物，但生命卻是無價，如果「人為財死」，就是把生命和金錢劃上等號，貶低了生命的價值。

❹ 漢世老人

語譯

　　漢代有個人，年紀老邁，卻沒有子女。這老人家境富有，個性卻節儉吝嗇，只穿粗糙的衣服、吃粗劣的食物。每天快天亮時就起牀，快天黑時就休息。他經營並管理他的生意，所賺的錢卻只管儲蓄起來，從不滿足，不敢花費在自己身上。

　　有一次，有個乞丐跟着老人，請求他施捨，老人沒有辦法，只得走進屋內，拿出十個銅錢。從客廳出來時，每走一步就減少一個銅錢，等到走出門外，就只剩下一半。老人更閉着眼睛，來把銅錢施捨給乞丐。不久，老人又囑咐乞丐說：「我用盡家財來救濟你了，你千萬不要跟其他人說這件事，免得其他人都學你這樣，前來跟我討錢！」老人不久後就死了，田地和房子都被官府沒收，財產和貨物都被充公到宮中的府庫去了。

文章理解

1. (i) 不（「弗」在這裏是表示「否定」的副詞，相當於「不」，「弗敢」就是「不敢」。）

(ii) 救濟

2. 原文：或　人　從　之　　求　　丐　者。

譯文：有個乞丐跟着老人，請求他施捨　　。

（「或」解作「有個」；「從」是「跟從」；「之」所指的是「老人」；「丐」解作「施捨」。）

3. (i) 不要跟其他人提起自己救濟乞丐這件事。（「慎勿他說」中的「勿」解作「不要」。）

(ii) 避免其他人都學乞丐這樣，前來跟自己討錢。

4. C（「田宅沒官」的「沒」不是解作「沒有」，而是解作「沒收」。）

5. (i) 動作／行為／行動

(ii) 外貌／表情

(iii) 說話／語言

6. 守財奴（「守財奴」是指有錢但非常吝嗇的人；「奴」在這裏不是指「奴才」，而是對人的貶稱。）

❺ 周處除三害

　　周處年輕的時候，為人兇殘強悍，有豪俠的氣概，任意妄為，是同鄉懼怕的人。同時，義興郡的河裏有蛟龍，山上有跛足老虎，都侵害百姓。連同周處，義興的百姓稱他們是「三害」，當中周處為害特別嚴重。

　　有人遊説周處殺死老虎和蛟龍，實際上是希望三大禍害只剩下一個周處。周處馬上殺死老虎，又跳進河裏擊殺蛟龍。蛟龍在水裏有時浮起，有時下沉，周處與蛟龍一起漂游了幾十里。經過了三天三夜，同鄉都認為周處或者已經死了，於是互相慶賀。這個時候，周處終於殺死了蛟龍，從河裏走上岸。他聽聞同鄉為自己已死而互相慶賀，才知道自己是人們心裏懼怕的人，因此有了改變自己的想法。

文章理解

1. (i) 懼怕

    (ii) 嚴重／厲害

    (iii) 牠／蛟龍

2. 原文：蛟　　　　　或浮　或沒　。

    譯文：蛟龍（在水裏）有時浮起，有時下沉。

    （「或」在這裏用作連詞，解作「有時」。「浮起」和「下沉」都是蛟龍在水裏的情態，句子於是用「或⋯⋯或⋯⋯」的句式，表示「浮起」和「下沉」輪流出現。）

3. A

4. 同鄉都認為周處或者已經死了。

    （原文「鄉里皆謂處或已死」中的「或」是副詞，相當於「也許」，帶有不肯定的意思。因為周處與蛟龍連戰三天三夜都不曾回來，故此鄉里都猜測周處或許已死。）

5. （答案只供參考）

    (i) 知：周處決心改過後，就拜陸機和陸雲為師，一心好學，因此做到了「知」。

    (ii) 仁：周處不但盡力擊殺老虎和蛟龍，更努力改過自新，都是「力行」的表現，因此做到了「仁」。

    (iii) 勇：周處知道鄉里為自己的死而慶祝，於是痛定思痛，決心改過，是「知恥」的表現，因此做到了「勇」。

❻ 樂羊子妻

語譯

河南 樂羊子的妻子,不知道是哪個家族的女子。

有一次,樂羊子出遠門,拜師求學。一年後,樂羊子回來,妻子跪在地上,問他回家的緣故。羊子說:「我長期出行在外,心生思念,沒有其他特別的原因。」妻子於是拿起刀來,快步走到織布機前,然後說道:「這些絲綢都從蠶繭中生出,在織布機上織成。蠶絲一條一條累積起來,才達到一寸長,一寸一寸不停累積,才能成為丈長匹長的絲綢。現在如果剪斷這些正在編織的絲綢,那就捨棄了成果,浪費了時光。您出外求學,如果中途就回來了,那跟切斷這些絲綢有甚麼分別呢?」羊子被妻子的話感動了,於是再回去完成學業,最終七年也沒有回家。

文章理解

1. (i) 家族 / 氏族 / 家庭

   (ii) 快步走

   (iii) 回家 / 回去

2. (i) 原文:無 它 異　　　　也。

   　 譯文:沒有其他特別(的原因)　。

   (題目句子是陳述句,句末的「也」字是表示陳述語氣的助詞,無需語譯。)

   (ii) 原文:何異 斷 斯　　　(何 異)也?

   　　 譯文:　 跟切斷這些絲綢有 甚麼分別 呢?

   (題目句子是反問句,句末的「也」字是表示反問語氣的助詞,相當於「呢」;題目句子也是倒裝句,應該將「何異」放到句末,加上「有」,並在「斷斯織」前加上「跟」。)

3. B

4. 說明絲綢是一點一點的絲線累積、編織而成的。

5. (i) 今若斷斯織也,則捐失成功,稽廢時月。

   (ii) 現在如果剪斷這些絲綢,那就捨棄了成果,浪費了時光。

   (原文句子是假設複句,當中的「也」字是結構助詞,只用來分隔前句的假設和後句的結果,沒有實際意思,因此不用語譯。)

6. (i) 比喻

   (ii) 求學跟編織絲綢一樣,都需要恆心,半途而廢只會一無所獲。

❼ 蘇秦刺股

　　蘇秦遊説秦王，呈上文書十次，可是主張還是不被採用。蘇秦的黑貂皮大衣穿破了，一百斤黃金也用盡了，錢財一點也不剩，只好離開秦國，返回家鄉。他包裹着綁腿布，穿着草鞋，背着書箱，挑着行李，形體和容貌又憔悴又暗黑，帶有羞愧的臉色。

　　回到家裏，妻子不離開織布機，嫂子不為他做飯，父母不與他説話。蘇秦歎氣説：「妻子不把我當作丈夫，嫂嫂不把我當作小叔，父母不把我當作兒子，這都是秦國的過錯啊！」

　　蘇秦於是在夜裏翻開書本，擺開幾十個放書的箱子，找到了《太公陰符》裏的計謀。於是伏在桌前，埋頭誦讀，並且揀選書中的精華部分，來加以衡量和研究。蘇秦有時讀書讀到想睡覺，就拿起錐子，刺入自己的大腿，鮮血一直流到腳跟。

　　一年後，蘇秦研究成功，他説：「現在真的可以用我的主張，來遊説當今的君主了！」

文章理解

1. (i) 穿着（「履」一般解作鞋子，是名詞，可是在這裏卻因應文意而臨時用作動詞，解作「穿着（鞋子）」。
   (ii) 形體和容貌
   (iii) 滿一年

2. 原文：　乃　夜　　發　書　，陳　篋　數十　　　　　（篋　）。
   譯文：蘇秦於是在夜裏翻開書本，擺開　幾十個（放書的）　箱子　。
   （「夜」是「晚上」，是名詞，在這裏則臨時用作狀語，去描述「發書」的時間，也就是「在夜裏」。）

3. B

4. (i) 妻子不離開織布機去迎接蘇秦，不把他當作丈夫。
   (ii) 嫂子不為蘇秦做飯，不把他當作小叔。
   (iii) 父母不與蘇秦説話，不把他當作兒子。

5. 蘇秦拿起錐子，刺入自己的大腿，來提醒自己要發憤圖強。

6. （答案任選其一）
   蘇秦十次上書，遊説秦王，可見他擁有堅毅不屈的性格。／蘇秦遊説失敗後並沒有放棄，回家後繼續讀書，可見他擁有堅毅不屈的性格。／蘇秦想睡覺時，就用錐子刺入自己的大腿，警醒自己，可見他擁有堅毅不屈的性格。

❽ 司馬光救友

語譯

司馬光長到七歲的時候，嚴肅得像個成年人。他聽到別人講解《左氏春秋傳》後，非常喜歡這本書，於是回家後，給家人講述，就知道書中的主要意思。從此以後，他的手離不開書本，甚至專心得不知道肚餓、口渴、寒冷、炎熱。

到他稍為長大時，一羣孩子在庭院裏嬉戲，玩得非常開心。這時，一個孩子爬到大水缸上，卻一腳踏空，繼而沉入水裏。其他孩子們都驚恐得拋下他離開，司馬光卻拿起石頭，撞擊並打碎了水缸，水湧出，那個孩子最終獲救。

文章理解

1. (i) 主要意思

   (ii) 沉入

2. 原文：　　稍　長　　，羣　兒（于庭　）戲　于庭，　　　甚　歡　。

   譯文：到他稍為長大時，一羣孩子在庭院裏 嬉戲　　，（玩得）非常開心。

   （「稍」在這裏是表示「輕度」的副詞，解作「稍為」，用來表示司馬光的長大程度；「甚」是表示「重度」的副詞，解作「非常」，用來表示小孩在庭院玩耍時的開心程度。）

3. C

4. 因為他爬到水缸的上面，卻一時失足，因此跌入水缸裏。

5. (i) 驚恐得拋下那孩子離開。

   (ii) 拿起石頭，撞擊並打碎了水缸。

6. （答案只供參考）

   我明白到當遇上危急情形時，不能驚慌，反而要冷靜處理。【或】

   我明白到朋友有困難時，不能一走了之，要盡力幫助他。

❾ 胯下之辱

語譯

在淮陰的屠夫裏，有個年輕人，他侮辱韓信說：「你雖然身材高大，又喜歡佩帶刀劍，內心卻是膽怯啊！」又當眾侮辱韓信說：「要是你能夠不怕死，就拿劍刺傷我；要是怕死，就從我的褲襠下爬過去。」韓信仔細打量了他一番，然後彎身爬過他的褲襠下，趴在地上。整個市集的人都嘲笑韓信，認為他膽怯。

後來韓信逃離項羽的楚軍，歸順漢王劉邦，因為還沒有名聲，因此當上接待賓客的小官。後來他犯了法，應當處斬，他十三個同伴都已經斬首，輪到韓信時，他就抬頭向上望，正好看見滕公 夏侯嬰，於是說：「大王不想得到天下嗎？為甚麼要斬殺勇武的人！」滕公認為他的話與別不同，認為他的相貌勇武英偉，因此釋放了他。後來滕公將韓信推薦給漢王，漢王因而任命韓信為治粟都尉。

文章理解

1. (i) 內心
   (ii) 整個
   (iii) 干犯／違反

2. 原文：滕公奇 其 言　　，壯 其 貌　　　，故 釋 之 。
   譯文：滕公認為他的話與別不同，認為他的相貌勇武英偉，**因此**釋放了他。
   （「奇」和「壯」本是形容詞，在這裏則活用為動詞，表示「認為……與別不同／勇武英偉」。此外，「故」在這裏是表示因果關係的連詞，解作「因此」。）

3. (i) 韓信要是能夠不怕死，就拿劍刺傷他。
   (ii) 韓信要是怕死，就從他的褲襠下爬過去。
   （「則」在這裏是表示假設關係的連詞，相當於「就」，因此語譯時，需要在表示假設的前句，加上「要是」、「如果」等連詞。）

4. C（韓信即將被處死，「何為斬壯士」這句話暗示自己是壯士；「上不欲就天下乎」這句話則是將「自己是壯士」和「劉邦想奪得天下」聯繫起來，暗示自己能夠幫助劉邦。）

5. (i) 韓信打量了年輕屠夫一番，然後彎身從他的褲襠下爬過，趴在地上。
   (ii) （答案只供參考）
   我不認同。因為面對別人的羞辱，韓信可以選擇不理會，而不一定要藉刺傷屠夫來顯示自己的勇氣，也不需要忍受胯下之辱，來委屈自己。

⑩ 揠苗助長

語譯

　　宋國有個人擔心他的禾苗不能長高，因此拔起它們，然後疲倦地回家。他告訴他的家人說：「今天太疲累了，我幫助禾苗長高了。」這個宋國人的兒子快跑到田裏，前往視察禾苗，它們卻已經枯死了。世上不擅自幫助禾苗長高的人太少了！擅自幫助禾苗長高，不但沒有益處，反而更加傷害了它們。

文章理解

1. (i) 回家

   (ii) 乾枯 / 枯萎

2. 原文：今日　　病　矣，予助　苗　長　矣。

   譯文：今天（太）疲累了，我幫助禾苗長高了。

   （「病」在這裏不是解作「生病」，而是指「疲累」，通過前文的「芒芒然」就可以知道。）

3. B

4. 他把禾苗拔起，幫助它們長高。

5. (i) 世上不擅自幫助禾苗生長的人太少了。

   （「天下」指「世上」，「不助苗長者」指「不擅自幫助禾苗長高的人」，兩者之間的「之」是結構助詞「的」，意指「世上的不擅自幫助禾苗長高的人」，可是由於後面已經出現了「的」，這裏則可以刪除，使譯文簡潔。）

   (ii) 擅自幫助禾苗生長，不但沒有益處，更反而會傷害它們。

   （「助之長者」和「而又害之」的「之」是人稱代詞，所指代的是禾苗，也就是「它們」。）

6. （答案只供參考）

   我認為應該循序漸進，給予禾苗適量的水分和養分，使它們慢慢長高。/ 我認為應該耐心地等待，做好農夫的本分，讓禾苗自然地生長。

⑪ 染絲

語譯

墨子看見漂染絲綢的人，因而感歎地說：「在綠色的染料裏漂染，絲綢就變成綠色；在黃色的染料裏漂染，絲綢就變成黃色。放入的染料不同，絲綢的顏色也因而出現變化。五次漂染完畢，之後絲綢就會變為五種顏色了。故此漂染絲綢是不可以不謹慎的。」

不但漂染絲綢是這樣，知識分子交友也有着「染絲」一般的道理。他們的朋友都喜歡仁愛正義，淳樸謹慎，遵從法令的話，那麼他們的家聲就日漸興隆，地位就日漸牢固，名譽就日漸光榮，這些人就是段干木、禽子、傅說等人；他們的朋友都喜歡驕傲自滿，建立朋黨，依附小人的話，那麼他們的家聲就日漸衰落，地位就日漸危險，名譽就日漸受辱，這些人就是子西、易牙、豎刀等人。

1. (i) 他們的／「士」的／知識分子的（前文提到「士」要謹慎交友，後文「其友」就是指代他們的朋友。）

   (ii) 這些（前文提到良友的特點，後文的「其人」就是指代前文的良友。）

2. 原文：非獨染　絲　　然　也，士　　　　　　亦有　染　　　　　　　　。

   譯文：不但漂染絲綢是這樣　　，知識分子（交友）也有着「染絲」（的道理）。

   （本文主要講述知識分子交友要謹慎，因此「士亦有染」一句要補上知識分子所做的事情——交友。）

3. 因為染料是甚麼顏色，絲綢就會被染成那種顏色，而且不能回頭，因此「不可不慎」。

4. ① 家聲日漸興隆，地位日漸安全，名譽日漸光榮。

   ② 喜歡驕傲自滿，建立朋黨，依附小人。

5. D

   （比喻論證：用染絲來比喻交友；對比論證：將良友與損友作比較；引用論證：引用墨子的説話；舉例論證：舉出良友和損友的代表例子。）

⑫ 多言益乎

語譯

　　禽滑釐問墨子説：「多説話有好處嗎？」墨子回答説：「蛤蟆、青蛙、蒼蠅，算是日日夜夜經常鳴叫了，即使嘴巴乾渴、舌頭疲勞，可是人們依然不會細聽呢！現在看看那日出時的公雞，牠只是按時啼叫，天下人卻都被叫醒啊！多説話有甚麼好處？只有在適當的時候説話才有好處。」

文章理解

1. (i) 可是／但是

   (ii) 疲勞／疲累

   (iii) 啊（「哉」在這裏是語氣助詞，表示感歎的語氣，相當於「啊」。）

2. 原文：多言　有益　乎？

   譯文：多説話有好處嗎？

   （「言」是「説話」；「益」在這裏是名詞，相當於「益處」；「乎」在這裏是語氣助詞，表示疑問的語氣，相當於「嗎」。）

3. ① 蛤蟆、青蛙和蒼蠅

② 按時啼叫

③ 天下人卻都被叫醒

④ 即使嘴巴乾渴、舌頭疲勞，可是人們依然不會細聽

4. (i) 唯其言之時也

(ii) 只有在適當的時候説話才有好處。

（「也」在這裏是語氣助詞，表示肯定的語氣，不用語譯。）

5. B

（墨子舉出了蛤蟆、青蛙、蒼蠅、公雞等動物作例子，是運用了舉例論證；墨子把這兩類動物鳴叫的結果作比較，以帶出想説明的道理，是運用了對比論證；墨子以動物鳴叫來比喻人類説話，是運用了比喻論證；墨子唯獨沒有引用任何古人名言，因此沒有運用引用論證。）

⑬ 王戎早慧

語譯

　　王戎七歲的時候，曾經和一眾孩子遊玩。他們看見道路旁邊的李子樹有很多果實，壓斷了樹枝，其他小孩於是爭相跑去摘李子，只有王戎站着説：「不要採摘呢！」有人問他原因，他回答説：「這只是人之常情而已。李子樹長在道路旁邊，卻還有這麼多果實，這些必定是苦澀的李子（所以才沒有人願意摘下）。」孩子摘下這些李子來吃，真的是這樣。

文章理解

1. (i) 果實

(ii) 真的／果然

2. 原文：惟　人　情　耳　。

譯文：只是人之常情而已。

（「惟」在這裏通「唯」，解作「只是」；「人情」解作「人之常情」，是指因為李子是苦的，人們才不摘來吃；「耳」在這裏是語氣助詞，表示限制的語氣，相當於「罷了」或「而已」。）

3. A、C、D、F

4. (i) 他沒有跟隨其他小孩子去摘李子。

(ii) 他勸阻大家説：「不要採摘啊！」

（「勿」解作「不」；「歟」在這裏是表示祈使的語氣助詞，相當於「啊」；前文提

到小孩子爭相採摘李子，<u>王戎</u>於是加以勸阻。）

5. (i) 無從判斷

(ii) 錯誤 （是因為李子苦，才沒有人採摘）

6. （答案只供參考）

<u>王戎</u>分析力強，能從李樹生長的位置和外觀，推斷出李子的味道。／

<u>王戎</u>為人謹慎，在其他小孩爭相去摘李子時，他卻能冷靜地思考。／

<u>王戎</u>懂得獨立思考，不會隨波逐流，跟隨其他小孩一起去摘李子。

⑭ 曲突徙薪

語譯

　　有個拜訪主人的客人，看到主人家爐灶的煙囱是直的，旁邊還堆積着柴枝，於是告訴主人説：「要更換為拐彎的煙囱，遠遠的搬走柴枝，不這樣的話，將會發生火災。」主人沉默起來，沒有回應。

　　不久，主人的家裏果然發生火災，鄰居們於是一同來救火，幸好最終能夠把火撲熄。因為救火這件事，主人宰殺牛隻、置辦酒席，來答謝他的鄰居們。被火燒傷的人安排在貴賓席，其餘的人各自按照功勞，依次就座，卻沒有邀請那位建議「更換為拐彎煙囱」的客人。有人告訴主人説：「當初假使聽了那位客人的建議，那麼現在就不用破費宰殺牛隻、置辦酒席，最終更沒有火災。現在根據功勞來邀請賓客，為甚麼『建議更換煙囱、搬走柴枝的人沒有得到答謝，而被火燒傷額頭的人卻成為貴賓』呢？」主人因而醒悟過來，並且邀請那位客人。

文章理解

1. (i) 沒有 （「亡」一般解作「逃亡」、「死亡」，後來因讀音相近而與「無」通假，解作「沒有」。）

(ii) 醒悟 （「寤」的本義是「睡醒」，後來因讀音相同而與「悟」通假，解作「醒悟」。）

2. 原文：鄰里　共　　救之，幸而得　　　息　。

譯文：鄰居們一同來救火，幸好能夠把火撲熄。

（「息」的本義是「呼吸」、「氣息」，後引申為「休息」，也指「熄火」。後來人們創造「熄」字來表示「熄火」，在這個字義上，「息」是古字，「熄」是今字。）

3. (i) 客人發現煙囱是直的，旁邊還堆積着柴枝。

(ii) 客人勸告主人把煙囱更換為拐彎式的，並且把柴枝搬離煙囱。

4. C

5. (i) 曲突徙薪亡恩澤，燋頭爛額為上客

   (ii) 建議更換煙囱、搬走柴枝的人沒有得到答謝，而被火燒傷額頭的人卻成為貴賓。

   (「燋」的其中一個解釋是「火燒」、「燒傷」，是「焦」的古字。)

6. (答案只供參考)

   要接納別人給予的勸告和建議，更要感恩圖報。

⑮ 樊重種樹

語譯

　　樊重，別字君雲，世代都擅長耕作。有一次，樊重想製作器皿，卻先種植梓樹和漆樹。當時的人都嘲笑他，說：「你老了，等到以後才製作器皿，怎麼能趕及呢？」樊重沉默起來，沒有回應。然而經過時間的累積，梓樹和漆樹都得到它們的用處——製作成器皿。昔日嘲笑樊重的人，都向樊重請求借用那些器皿。這說明農民種植樹木和繁殖牲畜是不可以停止的。

　　俗諺說：「做一年的計劃，最好是種植穀物；做十年的計劃，最好是種植樹木。」說的就是這個道理。

文章理解

1. (i) 耕作

   (ii) 趕及

   (iii) 沉默

2. 原文：時　　人悉嗤　之。

   譯文：當時的人都嘲笑他。

   (「時」在這裏解作「當時」；「悉」在這裏是副詞，表示「都」；「之」所指代的是樊重。)

3. 製作器皿

4. D

5. (i) 梓樹和漆樹都長成了，可以用來製作成器皿。

   (ii) 昔日嘲笑樊重的人，都向他請求借用那些器皿。

6. 做一年的計劃，最好是種植穀物；做十年的計劃，最好是種植樹木。

7. (答案只供參考)

   做人要有遠見，要為生活作長遠計劃。

⑯ 扁鵲見蔡桓公

扁鵲拜見田齊桓公，在桓公旁邊站立了一會，扁鵲就説：「您皮膚間的紋理出現了病症，不醫治的話，病情恐怕將會變得嚴重。」桓公説：「我沒有病。」扁鵲離開後，桓公説：「大夫總喜歡治療沒有生病的人，來作為自己的功勞。」過了十天，扁鵲再拜見桓公，然後説：「您的病已經到達肌膚裏，不醫治的話，病情將會更加嚴重。」桓公沒有回應。扁鵲離開後，桓公又再不高興。又過了十天，扁鵲再一次拜見桓公，然後説：「您的病已經到達腸胃裏，不醫治的話，病情將會更加嚴重。」桓公依然不回應。扁鵲離開後，桓侯又再不高興。又過了十天，扁鵲看見桓公時，卻轉身逃跑。

桓公因此派人問扁鵲當中原因，扁鵲回答説：「病症位處肌膚間的紋理，是熱敷的藥力可以達到的地方；位處肌膚裏，是針灸的藥力可以達到的地方；位處腸胃裏，是湯藥的藥力可以達到的地方；位處骨髓裏，是掌管性命之神管轄的地方，用甚麼藥物都不能應付。如今桓公的病深入到骨髓裏，我所以沒有醫治的方法了。」過了五天，桓公的身體出現痛楚，於是派人尋找扁鵲回來，可是扁鵲已經逃亡到秦國了，桓公最終病死。

1. (i) 一會
   (ii) 過了
   (ii) 掉頭／轉身

2. 原文：在　骨髓　，　司　命　　　之所屬　（所）　。
   譯文：位處骨髓裏，是掌管性命之神　管轄　的地方。
   （「屬」在這裏是動詞，解作「管轄」。當與前面的代詞「所」結合時，解作「管轄的地方」。）

3. 喜歡治療沒有生病的人，來作為自己的功勞。

4. ①皮膚間的紋理　②針灸　③湯藥　④骨髓　⑤甚麼藥物都不能應付

5. 他沒有醫治的方法。（「治」是動詞，解作「醫治」，當與前面的「無所」結合時，解作「沒有醫治的方法」。）

6. 病向淺中醫

⑰ 李惠杖審羊皮

李惠，是思皇后的父親，擅長思考和觀察，曾擔任雍州刺史。

有兩個分別背負鹽巴和柴枝的人，一起放下重重的擔子，在樹蔭下休息。這兩個人即將起行時，卻為一塊羊皮而爭執，彼此都說那是自己用來鋪墊背脊的東西，因而報官。

李惠先叫那兩個爭執的人出去，然後回頭望向負責雍州文書的綱紀，說：「可以藉着拷打這塊羊皮來知道它的主人嗎？」一眾手下都認為李惠在說笑，因此都沒有回應。李惠於是命令下人將羊皮放置在席子上，然後用棍子拷打它，不久就看見打出少許鹽粒。李惠說：「終於知道這件事的實情了。」便叫那兩個爭執的人看看它，背負柴枝的人於是伏在地上認罪。自從這件事後，當地官吏和百姓都不敢欺騙、冒犯李惠。

1. (i) 放下

    (ii) 回頭看

2. 原文：【以】杖　擊　之，　　　　見　　　　少　鹽屑。

    譯文：　用　棍子拷打它，（不久就）看見（打出）少許鹽粒。

    （「杖擊之」這句省略了表示利用的介詞「以」，原本應該寫作「【以】杖擊之」。）

3. 他們都說那塊羊皮是各自用來鋪墊背脊的東西。

4. 李惠打算拷打羊皮來找出它的主人。

5. A

6. 鹽販背負着鹽巴，那麼背脊一定會有鹽粒。羊皮是用來鋪墊背脊的，因此一定也沾上鹽粒，只要把羊皮打出鹽粒，那就可以證明羊皮的主人就是鹽販。

7. (i) 正確（「伏而就罪」就是說伏在地上，然後認罪。）

    (ii) 無從判斷（「吏民莫敢欺犯」只是說雍州官民不敢欺騙李惠，卻沒有提到是否歎服李惠的辦案手法。）

⑱ 陳遺至孝

　　吳郡的陳遺在家中最為孝順。他的母親喜歡吃鍋底的飯焦。陳遺擔任吳郡主簿時，經常準備一個袋子，每次煮飯，總會用袋子儲存焦飯，回家後給予母親吃。後來遇上亂賊孫恩入侵吳郡，郡守袁山松當日就要出征。當時，陳遺已累積了幾斗飯焦，卻不能趕及回家，於是帶同飯焦跟從軍隊出戰。袁山松大軍與孫恩在滬瀆交戰，大軍最終兵敗。士兵四處逃跑，逃走到山林沼澤裏，大多因為找不到食物而餓死，只有陳遺因為事前儲存好的飯焦而得以存活。當時的人認為陳遺大難不死，是極為孝順的回報。

文章理解

1. (i) 喜歡
   (ii) 趕及

2. 原文：歸【家】　以遺　母　　　　　。
   譯文：回　家　後　給予母親（吃）。
   （動詞「歸」後面原本是賓語「家」，因為在後文「未及歸家」中已經出現了，所以被省略。）

3. 目的是把煮飯後鍋底的飯焦儲存好，帶回家給母親吃。

4. B

5. (i) 正確
   (ii) 無從判斷

6. （答案合理即可）
   當時的人認為陳遺大難不死，是他極為孝順的回報。我認同他們的看法，因為如果陳遺沒有為母親準備飯焦，這樣一旦兵敗了，就會因為沒有東西吃而餓死。

⑲ 七步成詩

　　魏文帝曹丕曾經命令曹植在七步裏作成一首詩歌，作不了的話，就要執行死刑。曹植隨聲就作成詩歌說：「烹調豆子，用來製作湯羹；過濾豆子，用來製成豆汁。豆莖在鍋子下燃燒，豆子在鍋子裏哭泣。豆子和豆莖本來是同一條豆根生長出來的，豆莖為甚麼過於急迫，煎熬豆子呢？」

文章理解

1. (i) 執行

   (ii) 為甚麼

2. 原文：帝　深有　　（深）慚　色　。

   譯文：魏文帝　流露出　非常慚愧的神色。

   （「深」在這裏是用作副詞，解作「非常」。）

3. (i) 曹操

   (ii) 曹丕

   (iii) 曹植

   （「其在釜下燃」是指曹丕（豆其）要施毒手，「豆在釜中泣」則是指曹植（豆）因被陷害而哭泣。「本自同根生」則是指曹丕和曹植兩兄弟都是曹操（豆根）所親生的。）

4. （答案只供參考）

   ① 不顧親情／殘暴不仁

   ② 才華橫溢

   ③ 文帝命令一下，曹植隨即在七步內作好詩歌，還暗中批評文帝殘害兄弟。

5. C（「鬩牆」一般用來比喻兄弟內訌、自相殘殺。）

⑳ 鸚鵡滅火

語譯

　　有一隻鸚鵡飛到某一座山上棲息，山上的飛禽走獸都喜歡牠。鸚鵡心想：在這座山居住雖然快樂，卻不可以長期逗留呢。鸚鵡於是離開。

　　幾個月後，山上發生大火。鸚鵡遠遠地看見了，於是飛入水中，沾濕羽毛，然後飛去那座山，用水灑向它。天神說：「你雖然有救火的意志，可是那些水卻是不值一提呢！」鸚鵡回答說：「我雖然知道不能夠拯救牠們，可是我曾經在這座山上寄居，飛禽走獸十分善良，我們都成為了兄弟，我不忍心看見牠們被燒死呢！」

　　天神讚賞牠的道義，於是立即降下雨水，撲滅大火。

文章理解

1. (i) 棲息／休息

   (ii) 讚賞

   (iii) 降下

2. 原文：然　　　嘗　僑居　　是　山　（僑居）。

譯文：可是（我）曾經　　（在）這座山上　寄居　　。

（「嘗」是「曾經」；「僑」是「寄居」；「是」解作「這」。「僑居是山」本來語譯作「寄居在這座山上」，可是為了配合語體文的語序，應該寫作「在這座山上寄居」。）

3. D

4. 牠飛入水中，沾濕羽毛，然後飛去那座山，用水灑向它。

5. 因為山上的飛禽走獸十分善良，鸚鵡跟牠們成了兄弟，因此不忍心看見牠們被燒死。

6. （答案只供參考）

鸚鵡面對大火，仍然堅持不斷用羽毛灑水，可見牠很有毅力。／鸚鵡為了報答動物們對牠的善意，所以回來救火，可見牠知恩圖報。／鸚鵡不忍心相識一場的動物受苦，可見牠十分善良。／文中的鸚鵡雖然力量微小，但面對熊熊烈火，依然毫不畏懼，可見牠很勇敢、無私。

㉑ 莊子送葬

語譯

　　莊子為他人送殯，途中經過惠子的墳墓。他回頭告訴隨從說：「有個郢都人把白色泥土塗抹在他的鼻尖上，那泥土像蒼蠅的翅膀般又小又薄，然後請匠石削去白泥。匠石揮動斧頭，發出呼呼的風來，他順從風的聲音，繼而削去白泥。結果白泥被削光，郢都人的鼻子卻沒有受傷，他依然站立着，毫不驚慌。

　　「宋元公聽說了這件事，因而召見匠石說：『請你試試跟我表演這技藝。』匠石回答說：『我的確曾經能夠削去鼻尖上的白泥。縱使這樣，我的拍檔卻已經死去多時了。』自從惠施先生過身，我再沒有對手了，我再找不到人可以跟他辯論了。」

文章理解

1. (i) 回頭

　　(ii) 驚慌

2. 原文：臣則　嘗　能　斲　之　　　　　　。

譯文：我的確曾經能夠削去鼻尖上的白泥。

（「臣」在這裏不是指「臣子」，而是匠石的自稱，應該語譯為「我」。「嘗」在這裏解作「曾經」。句中的「之」指的是白色泥土，也可以根據文意，語譯為「鼻尖上的白泥」。）

3. B（「堊慢其鼻端若蠅翼」中的「慢」不是解作「緩慢」，而是「漫」的通假字，解作「塗抹」。）

4. (i) 正面：匠石揮動斧頭，發出呼呼的風來，然後順從風的聲音，繼而削去石灰。

(ii) 側面：郢人鼻尖上的石灰被削光，他卻沒有受傷，依然站立着，毫不驚慌。

5. (i) 原文：嘗試為寡人為之。

(ii) 說明：請你試試跟我表演這技藝。

（第一個「為」讀【胃】，是介詞，解作「跟」；「寡人」是宋元公的自稱，要語譯為「我」；第二個「為」讀【圍】，解作「做」，可以理解為「表演」。）

6. 郢人死後，匠石再沒有拍檔，因此不再跟其他人一起表演。同樣，惠子死後，莊子再沒有辯論對手，因此不再跟其他人辯論。

㉒ 鷸蚌相爭

語譯

趙國將要討伐燕國，蘇代為燕王告訴趙王說：

「今天我前來，經過易水時，看見一隻蚌正出來曬太陽，一隻鷸鳥飛來啄食牠的肉，蚌於是合上貝殼，來夾住鷸鳥的嘴巴。鷸鳥說：『今天不下雨，明天不下雨，就會有一隻死去的蚌。』蚌也告訴鷸鳥說：『今天不放開嘴巴，明天不放開嘴巴，就會有一隻死去的鷸鳥。』牠們兩個都不肯放手，結果漁夫發現了，因而一同擒獲牠們。

如今趙國將要討伐燕國，燕、趙兩國長期爭持，就會使百姓勞累，我恐怕強大的秦國會成為那個漁夫啊。故此希望大王仔細考慮討伐燕國這件事。」趙王說：「好！」於是停止出兵。

文章理解

1. (i) 將要（「且」在這裏是時間副詞，解作「將要」。）

(ii) 正在（「方」在這裏是時間副詞，解作「正在」。）

2. 原文：漁者得　　而并禽之。

譯文：漁夫發現了，因而一同擒獲牠們。

（「禽」在這裏是通假字，與本字「擒」相通。）

3. (i) 今天不下雨，明天不下雨，就會有一隻死去的蚌。

(ii) 今天不放開嘴巴，明天不放開嘴巴，就會有一隻死去的鷸鳥。

4. B

5. 鷸：<u>趙</u>；蚌：<u>燕</u>；漁者：<u>秦</u>（鷸鳥主動攻擊蚌，就好比<u>趙</u>國主動攻打<u>燕</u>國。）

6. (i) 願王之熟計之

   (ii) 希望大王仔細考慮討伐<u>燕</u>國這件事。

   （「願」在這裏是通假字，與本字「愿」相通。「愿」本身解作「謹慎」，與「希望」
   毫無關係，只是因為兩個字的讀音相同，因而通假。）

㉓ 孫叔敖埋兩頭蛇

語譯

　　<u>孫叔敖</u>還是孩子的時候，有一次外出遊玩，看見一條兩頭蛇，於是殺死並且埋
葬了牠。回家後，<u>孫叔敖</u>就哭起來，他的母親問他哭泣的緣故，他回答說：「我聽聞
見過兩頭蛇的人會死掉，剛才我看到牠，恐怕會死去，離開母親。」他的母親說：
「那條蛇現在在哪裏？」<u>孫叔敖</u>說：「我恐怕其他人會再看到牠，於是殺死並且埋葬
牠了。」他的母親說：「我聽聞暗裏做好事的人，上天會用幸運來報答他，你是不會
死去的。」到<u>孫叔敖</u>長大後，果然成為了<u>楚</u>國的宰相。他還沒有上任治理國家，全
國百姓卻都相信他為人仁厚。

文章理解

1. (i) 回家

   (ii) 直到 / 等到

2. 原文：嚮　者吾見　之。

   譯文：剛才　我看到牠。

   （「嚮」解作「之前」、「剛才」，後面的「者」是結構助詞，並沒有實際意思，
   因此不用語譯，把「嚮者」直接譯成「剛才」即可。）

3. 因為他聽聞看到兩頭蛇的人會死去，於是把兩頭蛇殺死並且埋葬，避免其他人看
   到牠。

   （「吾聞見兩頭之蛇者死」中的「者」是代詞，相當於「……的人」，「見兩頭之
   蛇者」就是「見過兩頭蛇的人」。）

4. (i) 無從判斷

   (ii) 錯誤

5. C

6. （答案只供參考）

   我不認同。<u>孫叔敖</u>之所以能夠成為宰相，是因為他具備仁德之心，事事為人設
   想，因此還未上任就得到百姓的支持，並不是因為上天的眷顧和保佑。

㉔ 張元飼棄狗

　　在村中小路上，有一隻小狗被人拋棄了。張元看見了，就立刻收留和飼養牠。他的叔父生氣地説：「要這隻棄狗有甚麼用呢？」並打算驅逐牠。張元懇切地請求叔父不要拋棄小狗。他説：「凡是有生命的東西，我們都不能不重視他們的生命。如果小狗是順應自然地出生和死亡的話，那是自然的道理；可是如今牠因為被人拋棄而死去，就是不符合道德的。如果看到棄狗，卻不收留和飼養牠，是沒有仁德的心，故此我收留和飼養牠。」叔父被他的説話所感動，於是允許他收養。

　　第二年，小狗有次跟隨叔父在夜裏走路。路上，叔父被蛇咬了，跌倒在地上，不能行走。小狗於是急忙奔跑回家，吠叫的聲音沒有停過。張元對此感到奇怪，於是跟隨小狗走出家門，看見叔父幾乎死去，於是迅速請大夫來救治他。從此之後，叔父就把小狗視作親人一樣。

1. (i) 他的 / 張元的

    (ii) 急忙

    (iii) 幾乎 / 接近 / 差點

2. 原文：張元見　　　　　，即收而養之。

    譯文：張元看見了（小狗），就立刻收留和飼養牠。

    （「而」在這裏是連詞，相當於「和」。）

3. 張元指出棄狗是有生命的，不能不重視。如果看到棄狗，卻不收留和飼養牠，任由牠死去，是沒有仁德的心。

4. 當叔父被蛇咬傷，小狗馬上跑回家，大聲吠叫，來吸引張元的注意，引領他前往拯救叔父。

5. D

6. (i) 無從判斷

    (ii) 正確

㉕ 荀巨伯遠看友人疾

　　荀巨伯到遠方探望生病的朋友，碰巧遇上外族敵軍攻打郡城。朋友告訴荀巨伯說：「我今次必死無疑，你應該離開！」荀巨伯說：「我從遠方前來探望你，你卻叫我離開；敗壞道義來求取性命，難道是我荀巨伯所做的事嗎？」這時，敵軍已經來到，他們對荀巨伯說：「我們這支浩大的軍隊一到達，整座郡城的人都走光了。你們是甚麼人，竟敢獨自在這裏逗留？」荀巨伯說：「我的朋友患上疾病，我不忍心拋棄他，寧願用我的性命來換取朋友的性命。」敵軍互相議論說：「我們是不懂道義的人，卻入侵了這個講究道義的國家！」於是帶領軍隊回國，整個郡城都得到保全。

文章理解

1. (i)　應該
   (ii)　已經
   (iii) 逗留／留下

2. 原文：寧　以我身　代友人命　。
   譯文：寧願用我的性命來換取朋友的性命。
   （「寧」在這裏是連詞，表示「寧願」，「寧以我身代友人命」就是說在「捨棄朋友」和「代朋友死」兩個選項之間，荀巨伯選擇了後者。「以」在這裏是介詞，解作「用」；「身」在這裏解作「性命」。）

3. A

4. 胡賊說自己是不懂道義的人，卻入侵了這個講究道義的國家。
   （答案見於「我輩無義之人，而入有義之國」。原文前句「無義」和後句「有義」的意思是截然相反的，彼此帶有轉折關係，「而」就是用於轉折複句的連詞，表示「可是」。）

5. ①體諒朋友／重視友情　　②卻不肯拋棄朋友，獨自逃命
   ③勇敢無懼　　④願意用自己的性命來換取朋友的性命

㉖ 責人當以其方

語譯

　　魏地有個人，在晚上突然發病，於是吩咐僕人擊石取火（，點燈照明）。這一晚天色陰暗，僕人找不到刀與石頭來取火，魏人於是急迫地催促他。僕人生氣地說：「您責備我也太沒有理由了！現在陰暗得猶如油漆，您為甚麼不用火給我照明呢？我能夠找到取火的工具，然後就容易取火了。」魏人說：「我有火的話，為甚麼還要給你照明呢？」

　　孔融聽聞了這件事，於是說：「責備人也應當有充分的理由啊！」

文章理解

1. (i) 陰暗／昏暗

　　(ii) 我

2. 原文：何以　不把火照我　（照）耶？

　　譯文：為甚麼不用火　給我　照明呢？

　　（原文是一個疑問句：「何以」相當於「為甚麼」；「把」在這裏作動詞用，相當於「用」；「耶」在這裏是表示疑問的語氣助詞，相當於「呢」。）

3. D

4. 魏人說：「我有火的話，為甚麼還要給你照明呢？」

　　（「何」解作「為甚麼」，「哉」在這裏是表示反問的語氣助詞，相當於「呢」。）

5. ① 自己得了急病，僕人卻始終找不到取火的工具。

　　② 假如魏人能夠取火，就不用給僕人照明，去找取火工具。

6. 責備人也應當有充分的理由啊！

　　（「也」在這裏是表示感歎的語氣助詞，相當於「啊」。）

㉗ 不食嗟來之食

語譯

　　齊國出現了嚴重的饑荒，黔敖在路邊準備了食物，來等待飢民，給他們吃。有一個飢民用衣袖遮着臉，腳上拖曳着鞋子，兩眼昏花地莽撞前來。黔敖左手拿着食物，右手拿着水，想送給那個飢民。黔敖說：「喂！來吃吧！」那個飢民抬起頭，瞪着眼睛看着他說：「我正是因為不吃受別人呼喝而得來的食物，才淪落到這個地步。」黔敖追上前，並向他道歉，可是那位飢民最終堅持不吃而餓死了。曾子聽到這件事

後就説：「不用這樣吧？如果黔敖邊呼喝邊施捨食物，當然可以拒絕；可是如果他已經道歉，那就可以吃呢。」

1. (i) 給他吃

    （「食」的另一個讀音是【字】，解作「把食物給別人吃」。）

    (ii) 道歉

    （「謝」可以解作「道謝」、「道歉」或「拒絕」，黔敖向飢民呼喝後，知道自己做錯，自然是上前「道歉」。）

2. 原文：予唯　　不食　　嗟　來　之食　，以至　於　斯　　也。

    譯文：我正是因為不吃受別人呼喝而得來的食物，才淪落到這個地步　。

    （「予」在這裏讀【如】，解作「我」；「唯」解作「因為」；「嗟」用作歎詞時，解作「喂」，在句中則當動詞用，解作「呼喝」；「至於」意指「去到」，當中「於」是介詞，相當於「到」，「至於」在句中可以理解為「淪落到」；「斯」是代詞，解作「這」，在句中意指「這個地步」。）

3. D

4. ①無禮　②拒絕接受施捨並離去　③吃黔敖的食物

5. 我贊同飢民的做法，因為即使因饑荒而找不到食物吃，也不等於可以任人侮辱，即使因此而餓死，至少保存了尊嚴。【或】

    我不贊同飢民的做法，黔敖雖然無禮在先，不過他也馬上向飢民道歉，飢民堅持不吃，是過分執着於面子，心胸未免太過狹窄。

28 唐臨為官

　　唐臨是萬泉縣的副縣令。縣裏有十多個罪名較輕的囚犯。當時正值春季完結時下起及時雨來，是耕種的好時機。唐臨稟報縣令説：「囚犯也有妻子、兒女，如果他們不耕作，那麼憑甚麼養活家人呢？請求大人您暫時釋放他們。」縣令不批准。唐臨繼續説：「大人如果有疑慮的地方，就請讓唐臨我親自擔當釋放囚犯這個罪名。」縣令因而向朝廷請求休假。

　　唐臨於是召集囚犯，讓所有人返回家鄉耕種。唐臨與他們約定説：「農事完成後，你們都要返回監獄。」一眾囚犯都感激唐臨的恩德，到農事完成的時候，全都集合返回監獄，唐臨也因為這件事而成名。

文章理解

1. (i) 正值／適逢
   (ii) 養活
   (iii) 全都／全部

2. 原文：<u>臨</u>請　（臨）　自　當　　　　　其　罪　。
   譯文：　請讓　<u>唐臨</u>我親自擔當（釋放囚犯）這個罪名。
   （「請」在這裏解作「請讓我」，而「臨」是<u>唐臨</u>的自稱，可以寫作「<u>唐臨</u>我」。）

3. 因為他擔心一旦有囚犯走失，自己擔當不起釋放囚犯的罪名。

4. D

5. <u>唐臨</u>能夠設身處地想到囚犯的需要，讓他們暫時離開監獄，回家耕作，照顧妻兒。

6. （答案合理即可）
   縣令是個沒有承擔的人，<u>唐臨</u>堅持釋放囚犯，縣令卻擔心惹禍上身，於是馬上請求休假，讓自己置身事外，逃避責任。

㉙ 晏子諫殺燭鄒

語譯

　　<u>齊景公</u>喜歡打獵，他命令<u>燭鄒</u>看管好雀鳥，<u>燭鄒</u>卻丟失了牠。<u>景公</u>十分憤怒，因此下令官吏誅殺<u>燭鄒</u>。<u>晏子</u>説：「<u>燭鄒</u>有三條罪狀，請讓我用他的罪狀來責備他，然後才殺死他。」<u>景公</u>説：「好。」

　　<u>晏子</u>於是召喚<u>燭鄒</u>，然後在<u>景公</u>跟前責備他説：「<u>燭鄒</u>！你為我們的國君看管雀鳥，卻丟失了牠們，這是第一條罪狀；你讓我們的國君因為雀鳥的緣故去殺人，這是第二條罪狀；你讓各國諸侯知道這件事後，以為我們的國君只重視雀鳥，卻輕視人命，這是第三條罪狀。我已責備過<u>燭鄒</u>的罪狀，請殿下誅殺他吧。」

　　<u>景公</u>曰：「不要殺他！我接納你的諫言了。」

文章理解

1. (i) 看管
   (ii) 緣故

2. 原文：　　於是召　　　而　（於公前　）數　之於公前。
   譯文：（<u>晏子</u>）於是召喚（<u>燭鄒</u>），然後　在<u>景公</u>跟前　責備他　　　　。
   （「數之於公前」本寫作「於公前數之」，即「在<u>景公</u>跟前責備他」。「於公前」

是狀語，用來描述「數」這個動作的位置——在景公跟前。為了強調位置，句子於是將「於公前」從「數」的前面，移到後面。）

3. (i) 燭鄒為景公看管雀鳥，卻丟失了牠們。

   (ii) 燭鄒令景公因為雀鳥的緣故去殺人。

   (iii) 燭鄒讓各國諸侯知道這件事後，以為景公只重視雀鳥，卻輕視人命。

4. 不是，晏子只是間接地告訴景公，如果為了雀鳥而誅殺燭鄒，一定會成為諸侯之間的大笑話，乘機勸他放棄誅殺燭鄒。

5. C

6. （答案只供參考）

   齊景公是一位虛心納諫的國君，他聽了晏子的諫言後，就馬上收回成命，不殺燭鄒。／齊景公是一位不仁慈的君主，燭鄒只是丟失了雀鳥，就打算誅殺他。

㉚ 傷仲永（節錄）

語譯

　　金溪縣人方仲永，世代都是農民。仲永長到五歲時，都未曾見過書寫工具，有一天卻忽然哭着索要這些東西。他的父親感到很奇怪，於是向附近的鄰居借了書寫工具給他，仲永就馬上寫了四句詩，並且自行寫上詩歌的標題。他的詩歌是把奉養父母、團結族人作為主旨的，父親就把詩歌傳給整個鄉中的讀書人觀賞。從此，只要指定某一事物，讓仲永作詩，他都能立刻寫成，詩歌的文采和條理都值得一讀。同鄉的人都覺得仲永與別不同，於是逐漸把仲永的父親當作賓客，有人更用錢財乞求仲永的詩作。仲永的父親覺得這樣有利益可圖，於是每天都帶仲永到處拜見鄉中的人，（作詩賺錢，）卻不讓他讀書。

　　我聽聞方仲永的事跡已經很久了。在仁宗 明道年間，我跟隨先父回家，在舅父家中見到仲永，他已經十二三歲了。仲永的父親叫他作詩，水準卻不符合以前所聽聞的那樣厲害。又過了七年，我從揚州回來，再到舅父家，問起方仲永來。舅父說：「他的詩才已經盡失，淪為普通人了。」

文章理解

1. (i) 它們／書寫工具

   (ii) 書寫／寫

   (iii) 用

2. 原文：　　　　　　　稍稍賓客其　父　　　　　　　　。

譯文：(同鄉的人) 逐漸把　仲永的父親當作賓客。

(「稍稍」解作「逐漸」;「賓客」本是名詞,當與其後的賓語「其父」(仲永的父親) 結合後,會變為動詞,表示「把……當作賓客」。)

3. C (「收」本解作「聚集」,在這裏解作「團結」,「收族」就是「團結族人」。)

4. 因為有人用錢財來乞求方仲永的詩作,仲永的父親覺得這樣有利益可圖,可以利用他四出作詩賺錢。

(「利」在這裏是形容詞,解作「有利」,當與其後的賓語「其然」(這樣) 結合後,會變為動詞,表示「認為……有利益可圖」。)

5. (i) 只要指定某一事物讓他作詩,他便能立刻寫成,詩歌的文采和條理都值得一讀。

(ii) 水準不符合以前所聽聞的那樣厲害。

6. 因為父親不讓方仲永讀書,學習知識,因此即使他有再多的才華,也只會慢慢用光。

㉛ 黃耳傳書

語譯

陸機在故鄉吳地的時候,家中有客人獻上一隻跑得很快的狗,名字叫做「黃耳」。這隻狗非常機靈,能夠聽懂人類說話。陸機後來到洛陽做官,經常把黃耳帶在自己身邊,非常喜歡牠。

陸機在京城洛陽寄居,很久沒有收到家中的書信,於是對黃耳開玩笑說:「你能夠替我寄送書信,盡快取得家人消息嗎?」黃耳高興地搖動尾巴,吠叫着答應陸機。陸機於是試着寫了一封書信,然後用竹筒裝着,並綁緊在黃耳的脖子上。黃耳走出家門後,沿着驛路,一路奔跑到吳地,快速奔走猶如飛行一樣。黃耳到了陸機家裏,嘴巴銜着竹筒發出聲音,向陸機的家人示意。陸機家人打開竹筒,取出書信,把書信看完了。黃耳又向家人吠叫,好像請求家人回信。陸機家人於是寫了回信,然後放入竹筒裏,再次綁緊在黃耳的脖子上。黃耳得到了回信之後,又再飛奔返回洛陽。總計路程,人要用上五十天,可是黃耳來回只用上半個月。

後來黃耳離世,陸機就用棺木安放牠,然後運回故鄉,在村落南面的地方安葬牠。陸機的家人用泥土堆成墳墓,村裏的人都把這個墳墓稱為「黃耳塚」。

1. (i) 寄送

   (ii) 十日 / 十天

2. 原文：其　家　作　答書，　　　內　筒　，復　繫　　　犬　頸　。

   譯文：陸機的家人寫了回信，（然後）放入竹筒裏，再次綁緊（在）黃耳的脖子上。

   （「家」在這裏解作「家人」；「答書」就是「回信」；「復」在這裏是副詞，表示重複，意思相當於「再次」；「繫」就是「綁緊」。）

3. (i) 無從判斷

   (ii) 錯誤（黃耳是客人送給陸家的禮物，故此不可能一出生就住在陸家裏。）

4. 因為陸機在京城洛陽寄居，很久沒有收到家中的書信。

   （「久」是副詞，表示頻率，相當於「很久」、「長期」；「家問」就是「家書」。）

5. （任選兩項答案）

   黃耳聽得懂陸機的話，主動搖尾巴和吠叫，表示願意替他送信。／黃耳懂得選擇驛路，一路奔跑到吳地。／黃耳懂得吠叫，叫陸機的家人收信。／黃耳懂得向家人吠叫，請求家人回信給陸機。

6. C

㉜ 墨子責耕柱子

語譯

　　墨子對學生耕柱子不長進感到生氣。耕柱子說：「我不是比別人更優勝嗎？」墨子說：「我要登上太行山，用一匹好馬或一頭羊來拉車，你將會鞭策哪一種動物？」耕柱子說：「我將會鞭策好馬。」墨子說：「甚麼原因讓你鞭策好馬呢？」耕柱子說：「好馬有足夠能力去擔當重任。」墨子說：「我也認為你有足夠能力去擔當重任，所以才對你不長進感到生氣。」耕柱子醒悟過來了。

文章理解

1. (i) 為甚麼 / 甚麼原因

   (ii) 醒悟 / 覺悟

2. 原文：我毋　俞於人　（俞）乎？

   譯文：我不是　比別人　優勝嗎？

   （「毋」，在這裏解作「不是」；「俞」與「愈」通，解作「優勝」；「於」是表示比較的介詞，相當於「比」；「人」就是「別人」；「俞於人」是「介賓後置」的倒裝

句，本來寫作「於人俞」，解作「比別人優勝」，而為了強調賓語，句子於是將介詞和賓語（「於人」），同時從形容詞「俞」的前面移到後面。）

3. 因為耕柱子認為好馬有足夠能力去擔當登上太行山的重任。

4. D（耕柱子的確是不長進，墨子才責備他；但同時墨子認為耕柱子是可造之材，才願意去責備他，讓他改進。）

5. (i) 錯誤（墨子只是用登上太行山作比喻。）

   (ii) 正確（羊沒有登山的能力，耕柱子因而不選擇牠來登山，這好比有些弟子沒有進步的能力，墨子因而不選擇督促他們。）

6. （答案只供參考）

   我認同這句話，「愛他」是對他有期望的表現，因而才會在他犯錯時，深切地責備他，希望他能改進。【或】

   我不認同這句話，因為既然「愛他」，就不應該經常責備他，而應該循循善誘地開導他，讓他知道自己犯錯，繼而改進。

㉝ 梟逢鳩

語譯

　　貓頭鷹遇見斑鳩。斑鳩問貓頭鷹說：「你將要前往哪裏？」貓頭鷹回答牠說：「我將要向東遷徙。」斑鳩追問說：「是甚麼原因呢？」貓頭鷹回答說：「鄉下裏的人都討厭我的叫聲，因為這個緣故，我就向東遷徙。」斑鳩勸告貓頭鷹說：「你能夠改變你的叫聲，就可以了，如果不能夠改變叫聲的話，即使向東遷徙，人們依然會討厭你的叫聲。」

文章理解

1. (i) 甚麼

   (ii) 因為

   (iii) 了

2. 原文：子將　安之　（安　）？

   譯文：你將要　前往　哪裏　？

   （「之」在這裏解作「前往」，因為「安」在句中解作「哪裏」，是疑問代詞，與地點有關。「安之」是「之安」的倒裝寫法，意指「前往哪裏」。）

3. C

4. 鄉下裏的人都討厭牠的叫聲，牠唯有搬走。

5. 斑鳩建議貓頭鷹改變牠的叫聲。

6 (i) 東徙猶惡子之聲

(ii) 如果貓頭鷹不改變自己的聲音，向東遷徙後，人們一樣會討厭牠的聲音。

（「之」在這裏是結構助詞，也就是「的」。「之」處於「子」和「聲」之間，「子」是「你」，「聲」是「叫聲」，一個是代詞，一個是名詞，「子之聲」說明了「聲」是屬於「子」的。）

㉞ 鄒忌諷齊王納諫（上）

語譯

　　鄒忌身高八尺多，身形和樣貌都光鮮亮麗。一天早上，他穿上衣服和帽子後，看看鏡子，然後問他的妻子說：「我跟都城北面的徐公，哪一個較英俊？」他的妻子回答說：「你十分英俊，徐公怎麼能夠比得上您呢！」都城北面的徐公，是齊國的英俊男子。鄒忌不相信自己比徐公英俊，因此再問他的妾侍說：「我跟徐公哪一個較英俊？」妾侍回答說：「徐公怎麼能夠比得上您呢！」

　　第二天，一位客人從外地前來，鄒忌跟他坐着談天，向客人問起這個話題說：「我跟徐公哪一個較英俊？」客人回答說：「徐公不及您英俊呢！」

　　第二天，徐公來了，鄒忌仔細地觀察他，覺得自己真的不及徐公英俊；他又看看鏡子，再看看自己，更覺得自己遠遠不及徐公。晚上，鄒忌睡覺時想着這件事：「我的妻子認為我英俊的原因，是偏愛我；妾侍認為我英俊的原因，是敬畏我；客人認為我英俊的原因，是向我有所請求。」

文章理解

1. (i) 身高
   (ii) 的人
   (iii) 不

2. 原文：忌　不自信　（自　）　　　　　　　　，而　復問其　妾　曰。
   譯文：鄒忌不　相信　自己　（比徐公英俊），因此再問他的妾侍說。
   （句中的「而」是表示因果關係的連詞，說明鄒忌「復問其妾曰」的原因，是「不自信」。）

3. A

4. 他們認為鄒忌十分英俊，徐公不能夠比得上他。

5 A. 妻子偏愛自己

B. 妾侍敬畏自己

C. 客人向他有所請求

6. 私心

㉟ 鄒忌諷齊王納諫（下）

　　鄒忌因此前往朝廷晉見齊威王說：「我真的知道自己不及徐公俊美，只是我的妻子偏愛我，我的妾侍敬畏我，我的客人向我有所請求，所以都認為我比徐公俊美。如今齊國疆土面積達千里，有一百二十座城池，宮中的嬪妃和隨從，沒有一個不偏愛大王；朝廷上的大臣，沒有一個不敬畏大王；四方境內的百姓，沒有一個不對大王有所請求。從這件事來看，大王被蒙蔽得十分嚴重啊！」

　　齊威王說：「說得好。」於是頒布命令說：「所有臣子、官員和百姓中，能夠當面指責寡人過錯的人，就得到上等獎賞；能夠呈上文書勸諫寡人的人，就得到中等獎賞；能夠在公眾場合議論寡人，並傳到寡人耳中的人，就得到下等獎賞。」

　　命令剛下達的時候，一眾臣子前來呈上諫言，王宮的大門和庭院熱鬧得好像市集一樣。幾個月之後，偶爾也有人來呈上諫言。滿一年後，即使有人想進諫，也沒有可以說的事情了。燕、趙、韓、魏等諸侯知道這消息後，都到齊國朝拜。這就是所謂在朝廷上虛心納諫、明修內政，就能戰勝其他國家的道理。

1. (i) 偶爾／有時

（「時時」在今天的意思是「時常」，在古代的意思卻是「偶爾」，出現了古今異義。）

(ii) 朝拜／朝見

2. 原文：今　齊　地　方　　　千里。

譯文：如今齊國疆土面積（達）千里。

（「地方」在今天的意思是「地點」，在古代則是由「地」和「方」兩個字組成的：「地」解作「疆土」，「方」解作「面積」，出現了古今異義。）

3. 因為嬪妃和隨從都偏愛齊威王，朝中大臣都敬畏齊威王，百姓都向齊威王有所請求，那麼齊威王即使做錯了事，他們也不會進諫，說真心話。

4. (i) 當面指出齊威王的過錯

(ii) 中賞

(iii) 下賞；議論齊威王

5. 因為齊威王肯虛心納諫，改進自己，齊國因而越來越強大，促使其他諸侯前來稱臣，齊威王最終不用一兵一卒也能戰勝他們。

6. B

㊱ 范式守信

　　范式，表字巨卿，是山陽郡 金鄉縣人。他年輕時遠遊到太學讀書，成為儒生，跟汝南郡人張劭是好朋友。張劭，表字元伯。後來，他們兩個人一起告假返回家鄉。范式告訴元伯說：「兩年後我將要返回太學，到時將會拜見你的父母，探望你的孩子。」他們於是一起約定了見面日期。

　　後來約定的日期將要到了，元伯把范式當日的說話告訴母親，請求她安排酒菜來款待范式。母親說：「都分別兩年了，千里之外約定的諾言，你為甚麼相信他是認真的呢？」元伯回答說：「巨卿是個守信的人，一定不會違背諾言。」母親說：「如果他真的來了，我一定會為你們釀酒。」到了那天，巨卿果然來到，二人走到廳堂，拱手行禮、對飲，盡情歡樂後就告別。

文章理解

1. (i) 約定

　　(ii) 果然

2. 原文：請　　　設　饌　以候　之　。

　　譯文：請求（她）安排酒菜來款待范式。

　　（「設饌」（安排酒菜）是行動，目的是「候之」（款待范式），因此兩者之間的「以」是表示目的的連詞。）

3. B

4. 因為她認為范式未必會遵守兩年前、在千里之外約定的諾言。

5. 張劭跟母親說范式是個守信的人，一定不會違背諾言。

6. ①兩年後真的前來探望張劭。

　　②如果范式真的來了，一定會為他們釀酒。

　　③真的為他們安排酒菜。

㊲ 不貪為寶

語譯

宋國有個人得到了一塊玉石，將它進獻給子罕，子罕不肯接受。獻上玉石的人說：「我把這塊玉石展示給玉石工匠看，玉石工匠認為這是寶物，故此我才膽敢呈獻給您。」

子罕說：「我把不貪圖財物的品德視為寶物，你把玉石視為寶物。如果你把這塊玉石送給我，那麼我們都喪失了心中的寶物，不如就讓我們各自保存自己的寶物。」

文章理解

1. (i) 不
   (ii) 不如

2. 原文：爾以玉　為　寶　。
   譯文：你把玉石視為寶物。
   （「爾」在這裏是人稱代詞，相當於「你」；「以」是介詞，解作「把」；「為」則解作「視為」、「作為」。）

3. 宋人把玉石展示給玉石工匠看，工匠認定是寶物後，宋人才膽敢呈獻給子罕。

4. ①不貪／廉潔
   ②如果無故接受宋人的玉石，就會打破自己廉潔的原則。
   ③如果把玉石送給子罕，就會失去這塊玉石。

5. (i) 正確（文末「不若人有其寶」意指「不如就讓我們各自保存自己的寶物」，也就是請宋人收回玉石。）
   (ii) 無從判斷（文章未有交代宋人最終有沒有聽從子罕的建議。）

6. （答案只供參考）
   我認同子罕的做法，因為身為官員就應該廉潔守法。【或】
   我不認同子罕的做法，因為宋人送上玉石時，並沒有附加條件，因此子罕可以接受。

㊳ 人有亡鈇者

　　有一個丟失了斧頭的人，懷疑是他鄰居的兒子偷走。這個人看見鄰居兒子行走的步伐，好像偷了斧頭；面容和神色，好像偷了斧頭；言談說話，好像偷了斧頭；動作和態度，沒有一樣不像偷了斧頭的。

　　不久，這個人在山谷挖掘泥土的時候，找回他的斧頭。後來某一天，這個人再次見到他鄰居的兒子，他的動作和態度，都不像偷斧頭的人。

文章理解

1. (i) 認為 / 懷疑

　　（「意」從「心」部，一般跟情緒、心理活動有關。文章主角的斧頭不見了，自然會推測是怎樣失去的，換言之「意」就是解作「認為」或「懷疑」。）

　　(ii) 不久

2. 原文：　　　　他日　　　　　　　復　見　其鄰人之子　。

　　譯文：（後來）某一天，（這個人）再次見到他鄰居的兒子。

　　（「他日」解作「某一天」；「復」是副詞，解作「再次」。）

3. C

　　（原文裏的「行步」、「言語」、「作動」，對應了選項④、②、①的內容。至於「顏」，從「頁」部，這個部首的字，多與頭部、臉部有關；事實上，「顏」就是指「面容」，「顏色」就是面容和神色。）

4. 他是在山谷挖掘泥土的時候找回斧頭的。

　　（「扣」從「手」部，換言之字義應該跟手部動作有關。原文「扣其谷」裏的「谷」是指山谷，山谷裏滿是泥土，與之有關的手部動作，很有可能就是挖掘；事實上，「扣」就是解作「挖掘」。）

5. 無似竊鈇者

6. （答案只供參考）

　　文中主角丟失了斧頭，卻憑主觀感覺，認定是鄰家兒子偷去了，故事藉此說明，凡事要講求證據，才可以有所行動。

㊎ 外科醫生

語譯

　　有一位大夫，聲稱自己擅長處理身體損傷的手術。有一位副級將領從戰場回來，原來他被飛來的箭射中，深深插進皮膚裏，便請求那位大夫醫治。大夫於是拿起剪刀，剪去箭桿，然後跪在地上，請求支付診金。那位將領說：「箭頭還在皮膚裏，必須馬上拔走。」大夫卻說：「這是內科的事，你不要希望和督促我這樣做。」

　　唉！箭頭深入皮膚裏，卻還是大夫應該要管的事。只是分隔了一層皮膚，大夫就想分開治理範疇。可是，醫治病人的責任怎麼可以推卸的呢？

文章理解

1. (i) 陣地／戰場

　 (ii) 馬上

（「亟」的部首並不明顯，因此不能用解字六法之一的「形」，卻可以用「句」
——通過前、後文來找出字義。副將皮膚裏的箭，應當整枝拔出來，而不是只剪
去箭桿，否則性命堪憂，他自然想馬上拔去箭頭。故此「鏃在膜內者須亟治」中
的「亟」就是解作「馬上」。）

2. 原文：然則　　　　　責 安 能 諉　乎？

　 譯文：可是，（醫治病人的）責任怎麼可以推卸的呢？

（「諉」是難解字，可以通過前、後文來推敲字義。大夫的責任是治理好病人，
不可以因自己比較擅長外科，就不肯挖出皮膚裏的箭頭，文中的大夫明顯是在推
卸責任。由此可以推敲「諉」的字義就是「推卸」。）

3. A

4. (i) 錯誤（大夫還沒有把箭頭從皮膚裏挖出，就請求副將支付診金。）

　 (ii) 無從判斷（文中沒有記述副將對大夫的評價。）

5. 因為把皮膚裏的箭頭拔走，是內科的事，也就是說不是文中大夫的責任。

6. D（選項A看似是答案，可是文章只是借大夫醫治病人的故事，來諷刺推搪塞責
的作風。）

㊵ 指鹿為馬

　　趙高想策動叛亂，卻擔心一眾臣子不聽從自己，於是先設下計謀試探他們。趙高帶來一頭鹿，進獻給秦二世。他說：「這是一匹馬。」二世笑着說：「丞相，你搞錯了吧？你把鹿說成是馬。」趙高於是問身邊的大臣，身邊的大臣有的沉默起來；有的說是馬，來迎合和順從趙高；有的說是鹿，趙高因而通過法令，來暗中陷害那些說是鹿的大臣。自此以後，一眾大臣都懼怕趙高。

文章理解

1. (i)　想

　 (ii) 吧　（句中的「耶」是帶有推測語氣的助詞，相當於「吧」。）

2. 原文：　　　　持　　　　鹿　獻　於　二世。

　 譯文：(趙高) 帶來 (一頭) 鹿，進獻給秦二世。

3. C

　 （原文「乃先設驗」中的「驗」，一般解作「檢驗」、「測驗」，明顯不能套入句中，「檢驗」、「測驗」等都帶有「測試」的含意，故此可以進一步推敲，把「驗」理解為「試探」。）

4. (i)　有的大臣沉默起來。

　 (ii) 有的大臣說是馬，來迎合和順從趙高。

　 (iii) 有的大臣直接說是鹿。

5. 自此以後，一眾大臣都懼怕趙高。

6. （答案只供參考）

　 我會說真話，因為我寧願被處罰也不會違背良心。【或】

　 我會順從趙高，因為當時他權勢甚大，若果跟他作對，恐怕會招致殺身之禍，故此應該先明哲保身，日後再作打算。

全書文言知識索引

文言知識		課次		
		《初階》	《中階》	《高階》
字詞音義	多義詞	1	1	18
	古今異義	35	28	16
	多音字	2	40	15
	「通假字」和「古今字」	14	38	—
	雙音節詞	—	—	31
代詞	第一人稱代詞	21	16	27
	第二人稱代詞	37	16	27
	第三人稱代詞	—	21	27
	表示「這」的指示代詞	20	—	—
	文言疑問代詞	—	11	—
助詞	表示眾數的助詞	—	26	—
	語氣助詞	12、13、26	6、39	12、14
副詞	程度副詞	8	2	
	時間副詞	22	—	—
	頻率副詞	31	—	—
	範圍副詞	—	—	33
	表示「全部」的副詞	15	—	—
	表示「否定」的副詞	4	9	
	表示「疑問」的副詞	—	—	10

文言知識		課次		
		《初階》	《中階》	《高階》
連詞	文言連詞（並列）	24		37
	文言連詞（承接）	24	5、23	37
	文言連詞（遞進）	—	23	—
	文言連詞（因果）	9	5	—
	文言連詞（轉折）	24	12	4、21
	文言連詞（假設）	9	5、12	4
	文言連詞（選擇）	25	30	—
	文言連詞（取捨）	25	30	—
	文言連詞（目的）	25	—	21
詞性活用	詞性活用	7	17、35	3
	使動用法	—	10	25
	意動用法	30	19	25
字詞專論	虛詞「之」	10、33	7	24
	虛詞「也」	6	—	—
	虛詞「者」	23	36	—
	虛詞「於」	27	29	—
	虛詞「而」	34	3	29
	虛詞「其」	11	31	35
	虛詞「所」	16		
	虛詞「以」	36	25	22
	虛詞「或」	5		
	虛詞「然」	—	13	
	虛詞「遂」	—	27	—
	虛詞「為」			30
	虛詞「所以」	—	4	
	敬辭及謙辭「請」	28	—	—
	「陰」與「陽」			23
	兼詞	—	—	19

策劃編輯		梁偉基
責任編輯		張軒誦
書籍設計		道　轍

書　　名		讀寓言・學古文（初階）
著　　者		田南君
插　　圖		廖鴻雁
出　　版		三聯書店（香港）有限公司
		香港北角英皇道 499 號北角工業大廈 20 樓
		Joint Publishing (H.K.) Co., Ltd.
		20/F., North Point Industrial Building,
		499 King's Road, North Point, Hong Kong
香港發行		香港聯合書刊物流有限公司
		香港新界荃灣德士古道 220-248 號 16 樓
印　　刷		美雅印刷製本有限公司
		香港九龍觀塘榮業街 6 號 4 樓 A 室
版　　次		2021 年 10 月香港第一版第一次印刷
規　　格		特 16 開（150 mm × 210 mm）224 面
國際書號		ISBN 978-962-04-4865-2

© 2021 Joint Publishing (H.K.) Co., Ltd.

Published & Printed in Hong Kong